Elfriede Mayer (Hrsg.)

Erlebnisse eines Kriegsgefangenen

*Geschrieben im November 1916
von Franz Mayer*

Bibliographische Information der Deutschen Bibliothek:
Die Deutsche Bibliothek verzeichnet diese Publikation in der Deutschen
Nationalbibliographie. Detaillierte bibliographische Daten sind im Internet über
http://www.ddb.de abrufbar.
ISBN 10 3-902514-37-X
ISBN 13 978-3-902514-37-0

Alle Rechte der Verbreitung, auch durch Film, Funk und Fernsehen, fotome-
chanische Wiedergabe, Tonträger, elektronische Datenträger und auszugsweisen
Nachdruck, sind vorbehalten.

© 2006 novum Verlag GmbH, Horitschon · Wien · München
Layout: hpSSatz, Weilerswist
Lektorat: Mag. Eva Magin-Pelich
Printed in the European Union

Gedruckt auf umweltfreundlichem, chlor- und säurefrei gebleichtem Papier.

www.novumverlag.at   www.novumverlag.de

Meinem geliebten Enkel Gottfried
in herzlicher Zuneigung gewidmet

Der Verfasser

Schrattenthal-Oed, im August 1954

Erlebnisse eines Kriegsgefangenen

Gefangennahme, zwanzig Monate und zehn Tage in russischer Gefangenschaft, in siebzehn Spitälern und drei Lagern, Zustände daselbst, Fahrt nach Sibirien, Invalidenkommission, Fahrt über Finnland und das unvergessliche Schweden.

Es war am 19. Oktober des Jahres 1914, als wir gegen Mittag nach langem, schwerem Marsch todmüde und hungrig zu unserem Regiment kamen. Ein jeder, der in Galizien war, kennt wohl die Straßen und Wege dieses Teiles unseres Vaterlandes, besonders dann, wenn es wochenlang geregnet hat, entweder Kot bis über die Knöchel oder Sand, die das Vorwärtskommen verhindern.

Endlich war es erreicht. Es war ein armseliges Nest in der Nähe von San, wo unser Regiment lagerte. Nun gab 's Menage und Schwarzen, sodass wenigstens der knurrende Magen zu seinem Recht kam. Nach dem Essen suchten wir so schnell als möglich unsere Liegestätten auf, eine Kammer mit schönem Roggenstroh. Ein jeder machte sich 's so gut als möglich bequem, man zog die Schuhe aus, weil man uns sagte, wir blieben über Nacht.

Da plötzlich geht 's durch die müden Glieder wie Elektrizität: „Alarm!" Es wurde gelacht, gescherzt, geflucht, die Müdigkeit war weg und wenige Minuten später war die erste Kompanie bereit, sodass unser Kommandant, Herr Hauptmann Matuschka, sogar einige Worte des Lobes fand. Nachdem unser Baonkommandant, Herr Hauptmann Braun, in seiner väterlichen Weise noch kurze Worte an uns richtete, marschierte das Bataillon ab. Es wurde gleich Schwarmlinie gemacht und so ging es vorwärts.

Es war ein herrlicher Oktobertag, die Sonne brannte vom Himmel, kein Lüftchen regte sich und an den Sträuchern und Halmen flatterten die feinen Haare des Altweibersommers. Wie gerne dachte man an die Heimat, wo sich Frau und Kind nach uns sehnte, aber jetzt war keine Zeit, denn obwohl wir in der Reserve waren, wurden wir schon von den Russen begrüßt. Zum Glück kamen wir in ein Föhrenwäldchen und dort hieß es: „Halt!" Wir streckten uns auf diesem willkommenen Moosbett aus und besprachen, unsere Zigaretten und Pfeifen schmauchend, was nun kommen sollte. Die Schießerei wurde immer ärger, Äste und Zweige flogen von den Bäumen und so mancher Kamerad stand nimmer auf vom Boden. Nun ging es wieder „vorwärts", langsam, sprungweise. Mit dem Spaten trachtete man, so gut es ging, das Gesicht zu schützen.

Nun kamen wir zu dem Ort Wollabulovsky, der mir zum Verhängnis wurde. Wir lagen, den Kopf gedeckt, im Hagel der feindlichen Schüsse. Mein Zugkommandant, Herr Kadett Staff, dessen Ordonanz ich war, schickte mich zu unserem Hauptmann, fragen, was zu tun sei. Vorläufig hieß es warten. Ohne dass wir etwas zu tun vermochten – denn es hieß, das erste Landwehr-Infanterie-Regiment sei vor uns –, mussten wir ausharren.

Da auf einmal, und es war auch schon höchste Zeit, hieß es „zurück!" Wir gingen ein Stück zurück und gruben uns wieder ein. Viele unserer Braven hatten wir schon verloren. Was war das? Durch das Donnern der Geschütze und Knattern der Maschinengewehre hörte man Geschrei. Machten unsere Kameraden einen Sturmangriff? Für uns gab es kein Halten. Eine Stimme, die ich im Leben nie vergessen werde, rief, das Getöse des Schlachtfeldes übertönend: „Unsere Kameraden machen Sturm und wir sollen hier liegen, vorwärts!" Unterdessen war es schon ziemlich dunkel geworden. Wir liefen vor, ich kam gerade an einen kleinen Baumbestand und auf einmal blieb alles wie auf Kommando stehen. Wir, in der Meinung die Reihen unserer Kameraden zu verstärken, sehen uns einer zehnfachen Menge Russen gegenüber.

Da gab 's nicht viel zu überlegen. Schnell entschlossen deckte ich mich stehend unter einem großen Baum und ließ, das Gewehr im Anschlag, die Russen kommen, ohne zu wissen, was um mich herum geschah. Zweimal schoss ich auf zehn Schritte und ich glaube, die Kugeln haben ihr Ziel nicht verfehlt. Die Russen, als sie sahen, dass sie mit einem kleinen Häuflein zu tun hatten, schrien wie wahnsinnig. Von allen Seiten Artillerie-, Gewehr- und Maschinengewehrfeuer; der Boden unter unseren Füßen erbebte. Im Begriffe das dritte Mal anzuschlagen, da, auf einmal wie ein elektrischer Schlag durch den ganzen Körper, das Gewehr fiel mir aus der Hand und ich stürzte, in den rechten Oberschenkel getroffen, zu Boden.

Der Schweiß rann mir von der Stirn und ich fror, dass es mich schüttelte. Nun waren auch schon zwei Russen bei mir. Im Geist küsste ich noch meine Frau und den Jungen, meine alten Eltern, wie gerne hätte ich sie noch alle gesehen vor meinem Tode. An etwas anderes dachte ich nicht, nachdem was ich schon des Öfteren gesehen hatte. Ein baumlanger Russe nahm auch mein Gewehr bei der Mündung und ich glaubte, jetzt bekommst mit dem Kolben eine auf den Kopf und dann is 's vorbei. Aber nein, ich hatte Glück. Das Gewehr wurde am Baum entzwei geschlagen. Nun wurden mein Tornister und Brotsack geplündert, was mir ganz gleichgültig war. Das Geld und meinen Brotsack nahmen sie nicht, waren also Ausnahmerussen. Der eine nahm mich bei den Schultern und zog mich mit meinem abgeschossenen Fuß aus dem Blutbad in eine kleine Mulde; so schreckliche Schmerzen ich dabei empfand, so dankbar war ich ihm, denn da sollte ich vor den Kugeln geschützt sein. Nun ging es den Österreichern nach und wir waren uns allein überlassen.

Jammern und Hilferufe ließen die Luft erzittern. Freund und Feind lagen nebeneinander und alle riefen sie denselben Gott um Hilfe an, dass sie nur nicht gefangen genommen werden. Als ich wieder die Augen öffnete, ich war wohl eine längere Zeit bewusstlos gewesen, hörte ich russische Fluchwörter, die immer näher kamen. Wahrscheinlich hatten unsere Hilfe bekommen und die Russen mussten fluchtartig zurück. Sie waren schon ganz nahe. Was würde werden? Würden sie uns aus Rache niederstechen? Nein! Auch da habe ich mich zu meinem Glück verrechnet. Nun ging's über uns arme Teufel weg und nach und nach wurde es ruhiger. Ich weiß nicht, was es war.

Als ich wieder meine Augen öffnete, hörte ich halblaut deutsche Stimmen. Schmerzen zum Verrücktwerden, mein Fuß krümmte sich wie ein Wurm. Hilferufe tönten durch die Luft, auch ich schrie. Plötzlich hielten die Gehenden inne und fragten: „Wer ist 's?"

Ich schrie: „24er von der Ersten."

Vier Kameraden meines Zuges standen vor mir. „Mayer, was ist 's?"

„Der Fuß ist weg, schaut 's, dass mich die Russen nicht wieder kriegen."

Die seien schon längst über den San, hieß es. Nun atmete ich erleichtert auf. Jetzt hieß es, mich wegbringen. Eine Decke, deren hier viele lagen, wurde mir untergezogen und die vier, jeder an einem Zipfel, trugen mich, samt ihrer Rüstung, wohl eine halbe Stunde lang. Jeden einzelnen Schritt spürte ich von der großen Zehe bis zum letzten Haar am Kopfe, aber ich hielt aus. Nur nicht gefangen werden, alles andere war Nebensache. Endlich langten wir in einem Bauernhaus an.

Viele der unseren waren da. Man legte mich auf eine mit Stroh belegte Bettstelle, schnitt mir Hose und Schuh herunter, legte einen Notverband auf meine 10 cm lange Wunde; im Nu war wieder alles durchnässt. Das war ein Stöhnen und Jammern und Rufen nach Sanität, aber vergebens. Mancher von uns hatte ein Päckchen Kaffee und Brot, nun kochten die leichter Verwundeten und verteilten es gleichmäßig. Unterdessen kam auch mein Kadett, welcher einen leichten Fuß-, aber schweren Armschuss hatte. War das ein Wiedersehen.

Nun hörte ich von ihm, dass wir viele Verluste hatten und auch unser guter Hauptmann Matuschka einem Kopfschuss erlegen ist. Obwohl wir selbst in einer nicht gerade angenehmen Lage waren, so liefen uns bei dieser Eröffnung doch die Tränen über die Wangen. Viele der leicht Verwundeten suchten dann den Hilfsplatz auf. Endlich wurde es Tag, Gott sei gedankt. Mit lauter Jammer und Elend verging auch der Vormittag, bis auf einmal die Türe aufging und eine Menge Russen uns grinsend gegenüberstand, denn sie wussten, dass wir uns nicht wehren konnten.

Das war wohl die schwerste Stunde meines Lebens, das zweite Mal gefangen. Die leichter Verwundeten schleppte man zum Hilfsplatz mit. Uns, von denen man sich überzeugt hatte, dass ein Entkommen unmöglich war, ließ man liegen. Es sollte aber noch schlimmer kommen. Denn, nachdem unsere Leute sahen, dass die Russen die Hütte besetzten, beschossen sie dieselbe unaufhörlich. Was wir da empfanden, ist nicht mit Worten auszudrücken: schwer verwundet vom Feind, wurden wir zum Schluss noch von eigenen Kugeln getroffen.

Ein Kompaniekamerad saß mir gegenüber auf einer Bank. Er hatte einen schweren Armschuss. Soeben erzählte er von seinen Kindern. Im nächsten Augenblick sank er tot zur Seite. Eine Kugel war zunächst durch die hölzerne Hüttenwand, dann durch seinen Kopf gedrungen und fiel an der gegenüberliegenden Wand, wo ihre Kraft versagte, zu Boden. Derer ähnliche Fälle gab es viele.

Unterdessen hatten die Russen dem Bauern ein Schwein gestohlen, das sie in der Küche neben uns kochten und seelenvergnügt ihren Hunger stillten. Öfter kamen sie herein, spotteten über unsere Lage, machten uns verständlich, wie schön es wäre, durch eigene Kugeln zu sterben. Aber es waren auch gute dabei, die trotz der Kugeln und Schrapnell über den Hof liefen und uns Wasser holten. Zwei, die ich darum bat, legten mich sogar vom Bett auf den Fußboden, sodass ich den Kugeln weniger ausgesetzt war. Besonders die russischen Juden, von denen es zufällig viele hier gab, waren recht anständig und gaben uns ab und zu auch ein Stück Brotrinde. Unsere Bitten um Sanität beantworteten sie damit, dass so viele Verwundete am Feld lägen und erst dann, wenn die weggetragen seien, kämen wir an die Reihe. Ein Kamerad hatte beide Füße abgeschossen und jammerte ohne Ende und bat den Besitzer des Hauses, einen ruthenischen Bauern, um Wasser. Der spukte ihm, statt des Verlangten, ins Gesicht – und wir waren machtlos!

Ich lag nun am Rücken, in Decken gehüllt, ohne mich zu rühren und schrieb in meinem Tagebuch. Da hatte man Zeit zum Nachdenken. Mein ganzes Leben ließ ich so vor mir vorüberziehen, immer gefasst, im nächsten Augenblick von einer Kugel getroffen zu werden. Links neben mir lag nun der Tote, den die Kugel durch den Kopf getroffen hatte und rechts ein anderer mit Bauch- und einem schweren Rückenschuss. Die Kleider waren ihm heruntergeschnitten und er ließ den Kot, ohne sich zu rühren, von sich. Ich selber benutzte eine Menageschale als Nachttopf und schleuderte den Inhalt in eine Ecke der Stube, da doch niemand da war, uns zu bedienen.

Es war am fünften Tag nach meiner Verwundung, als ich ein sonderbares Gefühl verspürte. Ich zog meinen nassen Verband weg, bemerkte unter Eiter und Knochensplittern eine Menge Maden, die sich gütlich taten. Das waren ja schöne Zustände! Ich entfernte mit meiner, alles anderen als sterilen Hand, so gut es ging, die Maden, riss von meinem Mantel ein Stück Unterfutter heraus und legte einen so genannten Verband an. Vor unserem Fenster auf einem Zweig sang ein Vogel friedliche Weisen und bei uns herrschte Tod und Verderben.

Meine Bitten an die Russen und den Bauern, doch die Toten zu entfernen, blieben zunächst fruchtlos. Endlich kam der Bauer, schimpfte auf uns, weil seine Hütte zerschossen war, nahm einen Toten bei den Füßen und schleppte ihn hinter sich her über die abgeschossenen Füße des aus Wien stammenden Kameraden Bauer hinaus. Was dieser für Schmerzen hatte, ist nicht zu schildern.

Unser Glück war es, dass wir nichts hatten, womit wir auch dieses Scheusal von Mensch hätten erschlagen können, denn das wäre auch unser sicherer Tod gewesen. Wegen des Dursts, der uns auf Mund und Zunge brannte, baten wir um Milch, hielten dem Bauern zehn Kopeken hin. Die wollte er nehmen, uns aber erst keine Milch bringen. Doch so dumm waren wir nicht.

Auf einmal ging die Tür auf und ein Russe, der liebe Gott lohne es ihm, brachte in einem Topf Suppe und ein aus Kleie auf der Ofenplatte gebackenes Stück Brot. Wir hatten jedoch kein Geschirr. Ich ergriff eine am Boden unter blutigen Kleidern und Wäsche, schmutzigen Decken, Stroh und Heu liegende Konservenbüchse, ohne mich um ihre Sauberkeit zu kümmern, ließ sie füllen, trank selbige auf einen Zuge aus und hielt sie das zweite Mal hin, um meinem am Rücken verwundeten Kameraden, so gut es ging, Suppe einzuflößen. Nun legte der Russe mir noch einen Notverband an, welcher zwar nichts nützte, denn in fünf Minuten war er so nass wie der vorige; aber ich war davon so gerührt, dass ich wie ein Kind weinte, als ich in seinen Augen Tränen sah. So vergingen acht Tage, am neunten in der Nacht wurden einige weggetragen, da nachts die Schießerei nachließ. Endlich nach langen zehn Tagen kamen am 29. Oktober um Mitternacht vier Männer mit einem Tragbett; obwohl ich wusste, dass ich schon gefangen war, erschienen sie mir doch als Engel. Ich war der Letzte.

Einer sprach einige Brocken Deutsch, untersuchte mit seiner Taschenlaterne meine Wunde und dann wurde ich mit Mühe auf das Tragbett gelegt. Es war eine schöne Mondnacht. Leise, als hätten sie mich gestohlen, trugen sie mich eine Viertelstunde, dann ging's vorbei an russischen Stellungen, wo auch öfters Halt gemacht wurde. Da kamen die Söhne Russlands heran. Der eine fragte mich, wie ich hieße, der andere gab mir eine Zigarette, der dritte setzte mir aus Vergnügen das Bajonett an die Brust usw.

Weiter ging 's durch Weidenbestände über eine Notbrücke über den San und nach einer Stunde kamen wir bei russischen Trainlagern vorbei in ein Haus. Eine große Stube, gut geheizt, dort lag alles, Österreicher und Russen, durcheinander. Einer der vier Träger brachte mir Brot, Suppe, Fleisch und Kasche. War das eine Freude und ein Sichsattessen nach langen zehn Tagen.

Wie ein hungriger Wolf stürzte ich mich auf die Schüssel und es war mir zum Schaden. Mein Magen vertrug nicht, was der Mund nahm. Es ist nicht möglich, sagt man, aber es ist doch so, so ist der Mensch. Es waren einige Russen da, die deutsch sprachen und so unterhielt man sich eine Weile. Nach einer Stunde, es mag zwei Uhr nachts gewesen sein, nahmen mich wieder vier andere Soldaten und trugen mich eine halbe Stunde lang in ein Bauernhäuschen.

In der Stube waren ein Arzt und sein Gehilfe, sie reinigten die Wunde, der eine nahm mich am Fußende, ein Soldat um die Mitte und so zogen sie meinen gekrümmten Fuß in die Gerade, der Arzt legte mir einen Schienenverband an, dabei sprachen sie immer von „Amputati". Was ich dabei für Qualen ertrug, kann ich nicht sagen, aber es musste sein.

Nun ging 's mit mir in ein anders Haus, dort wurde ich am Boden auf Stroh gelegt, es lagen auch sechs oder sieben Russen und der Bauer mit seiner Familie dort. In der Früh stand die Familie auf, stellten sich alle auf und beteten ihr Morgengebet. Dann kam das Frühstück. Kalte zerstampfte Kartoffel und saure Milch. Ich bekam dasselbe, auch ein Stück Brot. Das Geld, das ich hinhielt, wollten sie nicht annehmen, man gab mir zu verstehen, ich solle dem lieben Gott danken. Nun wurde ich wieder herausgetragen und auf einen Sanitätswagen gelegt. Meine Decke nahm man mir, so lag ich auf wenig Stroh, ohne Hose, zugedeckt mit dem Mantel und es fror mich sehr, war es doch schon der 30. Oktober und ziemlich kalt. Das war wohl auch die Ursache, dass ich danach neun Monate Durchfall hatte.

Nach etwa dreistündiger Fahrt über Stock und Stein kamen wir endlich zu einem schönen Hilfsplatz. Schöne Zelte mit der russischen Farbe und dem Roten Kreuz zeigten sich meinem Auge. Als ich ausgeladen war, umringten mich eine Menge Offiziere und Schwestern, die meisten der deutschen Sprache mächtig und das übliche Ausfragen begann. Währenddessen wurde im Zelt auf einem großen Tisch mein Fuß gereinigt und verbunden. Nun kam ein älterer Offizier, der gut Deutsch sprach und von mir Bericht erstattet haben wollte.

Dies verweigerte ich mit meiner Unkenntnis als Infanterist. Nachdem er zuerst noch mit einigen Offizieren russische Worte gewechselt hatte, nahm er die Pistole, setzte sie mir an die Brust und sagte ruhig: „So, jetzt wählen Sie, entweder aussagen, was Sie wissen, oder ich schieße Sie auf der Stelle nieder!" Die Schwestern, angesichts dieser Szene, wandten ihr Gesicht ab. So viel Herz hatten sie doch.

Nun gibt es Augenblicke, wo es uns ganz gleich ist, was mit uns geschieht, so sehr man sonst am Leben hängt. So ging es mir auch. Ohne zu überlegen sagte ich, ich wisse nichts. Durch die Umstände schon sehr erregt, fügte ich hinzu: „Und wenn ich auch was wüsste, so würde ich nichts sagen, denn ein deutscher Soldat verrät sein Vaterland nicht. Herr Offizier, wenn Sie glauben, dass Sie das Recht haben, so erschießen Sie mich." Eine ältere

Schwester sagte nun auch etwas zu dem Offizier und die Männer zogen höhnisch lachend ab.

Nun versuchte es die Schwester mit List und Versprechungen, etwas herauszukriegen, da legte ich den Kopf zur Seite und schloss die schon müden Augen. Zwei Soldaten brachten mich in ein Zelt. Dort gab es zu essen, um mich herum zwanzig neugierige Russen, die mich aber nicht belästigten. Sie wollten alle einen Austricky sehen. Nach dem Essen wurde ich mit einem russischen Verwundeten auf einen Wagon gelegt, in schnellster Fahrt ging 's über holprige Felder und Wege. Als es schon dunkel war, standen wir vor einem schönen Haus und wurden im ersten Stock in einem Saal auf Strohsäcke gebettet. Dort traf ich mehrere Österreicher und auch wieder den Kameraden Bauer, dem beide Füße abgeschossen worden waren. Am nächsten Morgen, also am 31. Oktober, wurden wir je zwei Mann, auf mit Stroh belegte galizische Bauernwagen verladen, welche uns über Kot und Morast weiterführen.

Nach vielleicht zwei Stunden erreichten wir eine österreichische Kaserne in Luwazsov an. Das sei früher ein österreichisches Spital gewesen, erzählte mir der russische Arzt. Bei dem großen Rückzug der unseren hatten die Russen einen Teil der Kaserne erobert und Patienten, Ärzte und Schwestern, die nicht mehr flüchten konnten, gefangen genommen. So kam es, dass der eine Teil des Spitals ganz in österreichischen Händen, jedoch unter russischer Herrschaft war. Ich lag im russischen Teil. Kamerad Bauer aus Wien lag im österreichischen Teil und ist auch dort seiner zu schweren Verwundung erlegen.

Mein Arzt sprach gut Deutsch und sagte, er sei ein Bastard, seine Mutter eine Deutsche. Er schenkte mir auch im Verbandszimmer öfters Zigaretten und sagte mir, dass mein Fuß, welcher ganz blau und schwarz war, amputiert werden müsse, worin ich aber nicht einwilligte. Auch eine Schwester war da, die schon öfter in Deutschland gewesen war und schon den den Russen verhassten Wilhelm in Wiesbaden gesehen hatte. Ab und zu schenkte sie mir ein Stück Schokolade. Im Fuß hatte ich wenig Schmerzen, aber furchtbare Leibkrämpfe und Durchfall.

Am 3. November ging es von Luwazsov ab und es folgte eine fünftägige Bahnfahrt, die verhältnismäßig gut verlief. Wir fuhren zusammen mit russischen Verwundeten und hatten zum Glück einen Deutsch sprechenden Sanitätsmann. Als wir die Grenze passierten, d. h. nach Russland kamen, wurden wir von Damen und Studenten mit allem Möglichen beschenkt. Die Studenten, welche in der Schule Deutsch lernten, brüsteten sich damit. Ich konnte von allem nichts genießen, da ich durch die Verkühlung todkrank war. Die Sanitätswagen waren ganz gut eingerichtet, nur wurde ich die ganzen fünf Tage nicht verbunden, sodass meine Wunde einen bestialischen Gestank verbreitete.

Endlich am 8. November abends, blieb unser Zug stehen. Man sagte uns, dass wir ausgeladen würden. Die Stadt hieß Tscherkassi (Gouvernement Kiew). Wir wurden auf mit Matratzen belegten Bauernwagen, zu je drei Mann gebettet, und dann ging die Fahrt beim Schein der elektrischen Straßenbeleuchtung wohl drei Viertelstunden lang. In einem großen Hof hielten wir. Nun kamen die Sani, um uns auszuladen. Auf einmal höre ich eine laute, deutsche Stimme. „Sind Wiener darunter?"

Ich schrie natürlich gleich „Ja!", und so kam er auf mich zu. Es war ein Kronstädter, der sich in Wien öfters aufhielt. Er diente beim 102. Infanterie-Regiment als Sanitätsunteroffizier und war so in die Gefangenschaft gekommen. Meine erste Frage war, wie es hier ginge. Er beantwortete dies günstig, auch konnte ich mich bald selbst davon überzeugen.

Es war ein mit allem Komfort ausgestattetes Privatspital. Der Zweite, der mich deutsch ansprach, war ein älterer Arzt, Leiter des Spitals. Nun ging's in ein schönes Badezimmer und von dort ins Verbandzimmer, wo mein Verband gewechselt wurde. Vor allem war es ein gefangener österreichischer Arzt, Dr. Opitz aus Judenburg, der sich in rührender Weise meiner annahm. Wie freute ich mich, auf so etwas war ich nicht gefasst. Eine Frau Dr. Madame Schalovsky bemühte sich mit einigen Schwestern, welche fast durchwegs deutsch sprachen, um mich und ich konnte aus ihren Gesichtern lesen, dass sie mich nicht als Gefangenen, sondern als kranken Menschen betrachteten. Während der Zeit, in der der Verband gewechselt wurde, hörte ich immer von „Amputatie" und auch der schon erwähnte Dr. Bisovsky erklärte, dass wohl nichts anderes übrig bliebe. Ich wollte aber nicht und auch Herr Dr. Opitz bat, morgen eine Operation zu versuchen. Nun ging's ins Zimmer.

Dort standen vier Betten, darinnen lagen schon drei Männer, aber nur einer sprach deutsch, das war eine Freude. Nachdem ich noch ein Glas Milch getrunken, schlief ich vor Müdigkeit ein. Am Vormittag des 9. November wurde mein Fuß wieder gereinigt, ich wurde rasiert und dann ins Operationszimmer gebracht. Die Frau Dr. Schalovsky, die wohl schon wissen mochte, dass die russischen Soldaten gerne saprali machten, d. h. wegnahmen, bot sich an, mein Geld und Ring aufzubewahren, bis ich wieder aus der Narkose erwachte. Obwohl ich wusste, dass ich unter gute Menschen geraten war, denn das bemerkte ich sofort, so war mir doch eigentümlich zu Mute. Schwer verwundet, dazu noch innerlich krank, und unter lauter fremden Menschen, da wirst du wohl nimmer aufwachen. Zuhause Frau und Kind und alte Eltern.

Als ich wieder die Augen öffnete, lag ich in meinem Bett, neben mir eine Schwester. Gips bis zur Brust und fürchterliche Schmerzen. Ich muss noch bemerken, dass Frau Dr. Schalovsky in Bern, Dr. Bisovsky in Bonn studierten und auch schon sehr oft in Wien gewesen waren und sie sich daher öfters mit mir unterhielten. Ich wurde hier nacheinander vier Mal operiert (Narkose). Ein besonderes Verdienst erwarb sich die freiwillige Schwester Anne Gutriabalzer, die mich nicht nur beinahe fünf Monate lang jeden Tag verband, sondern sich oft stundenlang ans Bett setzte und mir viele Näschereien schenkte. Eine Hauptmannswitwe, Frau Stenasenko, deren sechzehnjähriger Sohn eine kurze Zeit infolge Gelenkentzündung neben mir lag, ließ mich nie unbeschenkt, wenn sie ihren Sohn besuchte; unter anderem schenkte sie mir auch zehn Rubel und als ich von dort wegging, einige Wäsche. Als es mir doch zu viel war, sagte sie: „Gerade deshalb, weil Sie bei jeder Gelegenheit zeigen, dass Sie ihr Vaterland gern haben und dazu so krank sind und von zuhause keine Post bekommen."

Das erste Mal schrieb ich am 19. November 1914 an meine Lieben und dann ununterbrochen. Wie sehnte ich mich nach Antwort. Endlich, am 3. Februar 1915, bekam ich von Berlin 4,75 Rubel. Und am 23. März aus der Schweiz 3,75 Rubel. Leider sonst keine Zeile. Meine Lieben wussten wenigstens, dass ich am Leben bin.

Schwere Kämpfe hatte ich mit einem verwundeten russischen Kapitän auszufechten. Täglich kam er auf mein Zimmer und hielt mir Vorträge über Germanen und

Slawentum, ich musste ihm widersprechen und so kam es zu argen Auftritten. Nun sagte ich mir Folgendes: Du bist hier gefangen, der hat dich in der Hand, es ist besser, nachzugeben. Einmal, als er wieder kam, wir standen gerade in den Karpaten schlecht, hatte er ein Telegramm in der Hand und las mir unsere Verluste vor. Er sagte mir auch, was mit Kaiser Wilhelm geschähe, wenn sie in Berlin seien. So sagte ich: „Herr Kapitän! Ich bin gefangen und hier eine Wachsfigur, in Wien oder Berlin könnte ich Ihnen Rede stehen, bitte verschonen Sie mich." Als er später wieder kam, stellte ich mich schlafend.

Eine kleine Begebenheit verdient hier bemerkt zu werden. Ein junges Mädchen war auch in unserem Spital Patientin und besuchte mich öfters, um ihr bisschen Deutsch zu verbessern. Ihr Vater, ein reicher Bauunternehmer und zwei Brüder besuchten sie und aus Neugierde auch mich. Sie brachten mir Näschereien, Lesestoff usw.

Einmal sagte der sechzehnjährige Theodor Stichomiro (deutsch: Stillerwelt), Gymnasialschüler, Folgendes: „Herr Mayer, ich möchte Sie sehr gern Russisch lehren."

Ich, krank und abgespannt wie ich war, sagte: „Ach, Herr Stillerwelt, ich bin so krank und wenn ich wirklich einige gute Stunden habe, sind die Frau Dr. und die Schwestern so lieb und unterhalten sich mit mir, ich habe wirklich keine Lust, Russisch zu lernen."

Der Junge war nun verlegen und brachte langsam heraus: „Herr Mayer, ich meine in Ihrem eigenen Interesse. Die Russen sind doch so weit in den Karpaten, wird nicht mehr lange dauern, dann sind sie in Budapest und dann auch bald in Wien. Dann wäre es wohl von Vorteil, wenn man Russisch könnte. Dass Zar Nikolaus die russische Sprache dann in Österreich einführt, ist doch selbstverständlich."

Ich musste ob dieser Eröffnung lächeln, ich wusste ja, dass die Russen weit in den Karpaten waren, aber so konnte es nicht kommen. Ich sagte deshalb ironisch: „Herr Stillerwelt, ich mache Ihnen einen Vorschlag: Wenn die Russen in Budapest sind, dann wollen wir anfangen und wenn sie in Wien sind, so kann ich's schon."

Nun wurde er ganz verlegen und sagte kein Wort. Ich führe dies nur deshalb an, um zu zeigen, dass nicht nur die untersten Volksschichten, sondern auch bessere Stände von dem Untergange Österreichs überzeugt waren. Der Junge hatte es sicher von seinem Vater oder in der Schule so gehört. Dass das kein Spaß war, konnte ich auch feststellen.

Ich machte die Bekanntschaft eines deutschen Fräuleins, Luise Schenk, sie war aus Liegnitz (Preussisch Schlesien) und in Tscherkassi schon seit zehn Jahren Sprachlehrerin. Als sie zu Weihnachten 1914 das Spital verließ, hat sie mich dann öfter besucht und mich auch reichlich beschenkt und mir Bücher zum Lesen gebracht. Wie Schwester und Bruder saßen wir stundenlang beisammen und erzählten uns von der Heimat, die mir nun so ferne war. Tränen standen uns in den Augen, wenn die Abschiedsstunde kam.

Zu bemerken ist, dass in Tscherkassi bis Weihnachten 1914 eine deutsche Zeitung (Petrograder Herold) existierte, die ich regelmäßig las. Das Essen war hier tadellos, man konnte sich täglich abends für den nächsten Tag bestellen, nur war es eben keine Wiener Küche. Hier gab es auch Kaffee, was in Russland eine Seltenheit ist.

Endlich am 24. März kam auch für mich das Scheiden. Ich schäme mich nicht, aber geweint habe ich wie ein Kind, denn wer wusste, was jetzt käme. Meine liebe Schwester Anne, die mit dem Leiter des Spitals verwandt war, bat im Verein mit mir, aber der Arzt sagte: „Nein, es geht nicht. Es ist strenger Befehl, dass kein Gefangener hier sein darf."

Drei Wochen zuvor waren die letzten drei gegangen. Er machte mit mir doch eine Ausnahme, weil ich so krank war und versprach, mich in der Stadt zu lassen und in ein Hospital zu schicken, wo österreichische Ärzte, auch der bewusste Dr. Opitz arbeiteten.

Nun bat Schwester Anne ihren Vater, dass er sein Auto zur Verfügung stelle. Nachdem ich meinen spendierten Rucksack mit einer Menge geschenkter Sachen, Wäsche, Toilettenartikel, Fotografien u. dgl. gepackt und mich nun von allen verabschiedet hatte, brachte mich Schwester Anne in das Hospital Nr. 1 für Kriegsgefangene, vorher schenkte sie mir noch einen Dreirubelschein. Also das Schöne war vorbei, was mochte nun kommen?

Eines hatte ich vergessen: Der Leiter des Spitals Zemskajer Bolniza, Herr Dr. Bisovsky, war als Arzt höchst anständig, wenn man allerdings über Krieg, besonders Germanen- und Slawentum zu sprechen kam, durch und durch fanatisch. Nun wurde ich im Hospital Nr. 1 für Kriegsgefangene zufällig von einem alten russischen Regimentsarzt empfangen, welcher schon von meinem Kommen wusste. Er gab mir zu verstehen, dass österreichische Ärzte, auch Herr Dr. Opitz, den ich ja schon kannte, hier seien und es mir gut gehen würde. Dann wurde ich hinaufgeschafft. Es war ein Priesterseminar, voll mit Russen, Österreichern und auch sieben Reichsdeutschen, die ersten, die ich hier sah. Die meisten hatten sich in den Karpaten erfrorene Glieder geholt.

Herr Dr. Opitz, die Mediziner Babic und Schuhman, beide Galizier, befassten sich viel mit mir. Herr Babic hat in Wien studiert, er war die Seele dieses Spitals und bei allen sehr beliebt. Der schon erwähnte russische Regimentsarzt, der einen Polen und die Gefangenen sehr liebevoll behandelte, räumte Herrn Babic alle Rechte ein: Diäten aufschreiben u. dgl. Das Essen war auch halbwegs gut, natürlich kein Vergleich zum Privatspital, große Säle mit einer Menge aus Brettern verfertigten, nicht sehr sauberen Betten. Nun hatte ich hier noch zwei kleine Operationen zu überstehen und in der Pfingstwoche, nachdem mir endgültig der steife Verband abgenommen worden war, machte ich die ersten Gehversuche mit zwei Krücken.

War das eine Freude nach den langen Monaten! Aber mein Zustand an Magen und Gedärmen hatte sich noch nicht gebessert, trotz der Menge Pulver, die ich schluckte. Ich durfte die meisten Speisen nicht essen und Auswahl gab es nicht so viel wie beim Sacher. Nicht vergessen werden darf die freiwillige Krankenschwester, die kein Wort Deutsch sprach, jedoch ein sehr gutes, mitleidiges Herz hatte und mir täglich einen Blütenstrauß auf den Tisch stellte, so wie sie der Frühling hervorbrachte. Das war zu rührend. Auch besorgte sie eigenhändig die Einkäufe, die wir mit unseren wenigen zu Gebote stehenden Mitteln bestellten, dass uns die Wärter nicht betrügen konnten.

Nun kam für mich eine große Überraschung. Einige Tage vor Pfingsten kam die erste Karte aus der Heimat und zwar von meiner alten, guten Mutter. Sie schrieb, dass sie alle gesund seien und dass mir mein liebes Frauchen im Jänner 1915 ein kleines Mädchen geschenkt habe. War das eine Freude! Am liebsten hätte ich der ganzen Welt einen Kuss gegeben und geweint habe ich wie ein Kind. Hatte ich doch so viel Sorge wegen des bevorstehenden Ereignisses, nun war es gottlob gut vorüber gegangen. Die kommenden Tage erhielt ich noch drei Karten von Frau und Schwester aus Wien und meiner Schwester aus Berlin. Das waren die ersten, aber auch die letzten Nachrichten aus der Heimat. Der Herr Regimentsarzt brachte dieselben vom Privatspital mit, wohin sie adressiert waren.

Unser Spital war ein Transportspital, die meisten blieben nur wenige Tage, nur ausnahmsweise blieben einige schwere, darunter auch ich, für mehrere Wochen. So hatte ich Gelegenheit, viele Kameraden kennen zu lernen und ihnen die Kniffe zu sagen, wie man die Vorteile des Spitals betreffs Kost u. dgl. am besten erreicht.

Eines Tages kam nun auch ein gemischter Transport. Als ich fragte, ob Wiener oder überhaupt Deutsche dabei seien, meldete sich ein erschöpfter Kamerad mit erfrorenen Füßen. Es war der Landsturmmann Herr Heinrich Schurr aus Wien, Beamter der Firma Krupp in Berndorf. Aber wie ging's dem Armen? In wenigen Tagen musste ihm ein Fuß unter dem Knie, der andere beim Knöchel amputiert werden.

Endlich am 4. Juni 1915, nachdem ich schon einige Male zurückbehalten worden war, einmal fehlte meine Montur, das zweite Mal war keine Watte, um mir für den Transport einen guten Verband anzulegen, ging es auch für mich von hier ab. Wie viele Transporte würde ich noch mitmachen?

Tscherkassi ist nach russischen Begriffen eine schöne Stadt und hat im Frieden 50 000 Einwohner und einige Regimenter Garnison. Die Hälfte der besseren Bevölkerung spricht deutsch. Einige große Zucker- und Tabakfabriken sind bemerkenswert.

Es war ein schöner, heißer Junitag. Wir lagen auf Bauernwagen, die sich auf breiten, staubigen, ungepflasterten Straßen fortbewegten. Die Hitze drückte uns schwache Menschen ähnlich den Treibhauspflanzen, die schon monatelang nicht im Freien waren, völlig nieder. Noch dazu mussten wir am Bahnhof stundenlang der heißen Sonne ausgesetzt liegen, einfach zum Verschmachten, ohne etwas im Magen zu haben. Denn es ist russische Mode, dass wenn auch der Transport erst mittags weggeht, und so war es meistens, es nichts zu essen gab, nicht einmal das heiße Wasser, welches man Tee (Tschai) nennt. Nun wurden wir endlich zu je 24 Mann pro Wagon auf mit Strohsäcken belegte Bretter gelegt und es ging ab. Die Gegend zu beschreiben vermag ich nicht, da ich immer lag und daher bei keinem der vier Fensterlöcher hinaussehen konnte. Das Essen war verhältnismäßig gut.

Am späten Nachmittag des 5. Juni fuhren wir in den Bahnhof Kiew ein, wurden auf eine Bahre gelegt und mit derselben in ein zu diesem Zwecke reserviertes Magazin gestellt. Dort bekamen wir die Verbände gewechselt. Nachts wurden alle, die an Durchfall und Ähnlichem litten, darunter auch ich, in Straßenbahnwagen verladen und stundenlang in Kiew herumgefahren. Endlich hielten wir, wurden noch eine halbe Stunde lang getragen, um dann in einem großen Kasernenhof abgestellt zu werden. Nach vielleicht eineinhalb Stunden, wo sich erregte Auseinandersetzungen zwischen unseren Sanitätsmannschaften und dem Unteroffizier der Kaserne abspielten, wurden wir wieder denselben Weg zurückgetragen und in die Straßenbahn verladen.

Als schon der Morgen graute, kamen wir bei einem eigentlich schönen Park an und wurden dort in frisch gestrichenen grünen Baracken untergebracht. Ich lag mit einigen Polen und einer Menge russischer Soldaten zusammen. Es verging ein Tag nach dem anderen, ohne dass uns jemand für unsere Gedärmkrankheiten etwas gab. Da nur Leute mit den schon erwähnten Krankheiten hier waren, so gab es keine Vorrichtung für uns Darmkranke und so musste ich auch, obwohl ich doch erst mit zwei Krücken zu gehen anfing, eine halbe Stunde zum Abort torkeln. Wie die russischen Aborte, mit Ausnahme in Schulen u. dgl. aussehen, will ich an einer anderen Stelle erwähnen.

Schwach durch meine Krankheit und langes Liegen, wurde ich schwindlig und stürzte, sodass ich mir meinen Fuß nochmals brach. Es war am 10. Juni 1915, also acht Monate nach meiner Verwundung. Nun war das Maß voll. Der Schlag traf zu hart. Durch den Sturz platzte die schon vernarbte Wunde wieder auf und das Blut floss, Schmerzen zum Verzweifeln.

Nun wurde der Feldscheer und eine Schwester gerufen. Einen Verband konnten sie mir keinen anlegen, da ich ganz außer mir war und sie mich ungeschickt anfassten. Nun hatten sie Mitleid, legten ein bisschen Verbandstoff drauf und dann wurde ich samt dem Bett auf einen Bauernwagen gestellt und über holpriges Pflaster, bei dem ich jeden Tritt des Pferdes verspürte und am liebsten hell aufgeschrien und geheult hätte, transportiert. Endlich hielten wir vor einem großen Haus, es war das Festungsspital.

Ein ganz junger österreichischer Sanitätssoldat, natürlich ein Tscheche, der sich mit seiner Stellung brüsten wollte, empfing mich, winkte zwei Russen mit einer Bahre herbei und fasste mich, ohne zu fragen, was mir fehlt, wie einen Kartoffelsack an. Natürlich ließ ich mir das nicht bieten und versprach, ihm mit einer Krücke den Schädel einzuschlagen. Nun sagte er, ich solle doch nicht so empfindlich sein, sagte auch zu den beiden Russen in der mir so lieben Sprache etwas, sodass sie alle drei in helles Gelächter ausbrachen. Solch gute Kameraden gibt es viele.

Nun ging's doch mit Ach und Krach und ich wurde im ersten Stock in einem Saal untergebracht. Vor Erschöpfung schlief ich ein und als ich wieder erwachte, waren schon meine Kleider und alles, was ich von Tscherkassi mitgebracht hatte, ins Magazin geschafft worden. Ich ahnte gleich, dass mir das Meiste gestohlen würde. Ich bat die eigentlich niedliche Schwester, aber sie sagte, es würde nichts geschehen, und ich musste mich mit Widerwillen fügen.

Das Essen war hier halbwegs, aber die Sanitätsmannschaften waren schlecht, besonders uns Deutschen und Ungarn gegenüber. Wenn ich ins Verbandszimmer gebracht wurde, wo mir, ohne dass der Fuß eingerichtet worden war, ein Verband und eine Pappeschiene angelegt wurden, warfen sie mich so richtig aus dem und ins Bett. Die Geschirre zum Notdurftverrichten brachten sie sehr ungern, besonders nachts und wenn dann einer das Bett beschmutzte, wie es einem Reichsdeutschen und sehr krankem Mann öfters passierte, so wurde er beschimpft und musste er wiederholen, was der Sanitätsmann ihm vorsagte: „Ich bin ein deutsches Schwein!" Was man da als deutscher Kamerad empfindet, das ist schrecklich.

Am 18. Juni sollte es von dieser Hölle abgehen, alle meine Bitten, man möchte mir doch meinen Fuß einrichten, wurden mit der Begründung abgelehnt, man habe hier keine Zeit und in Moskau sei ein gutes Spital, dort würde es geschehen. Nun brachte man die Kleider und wie ich vorausgesehen, war alles, was ich in Tscherkassi erhalten hatte, Wäsche, Taschentücher, Toilettensachen, Essbesteck, Fotografien u. dgl. weggenommen, nur das wenige Geld, das ich im Brustbeutel mitführte, einen Löffel und die schmutzige Montur blieben mir.

Als ich hierüber der Schwester und dem Arzt Vorstellungen machte, sagten sie, jedenfalls ganz gutmütig, sie könnten nichts tun. Der Täter ließe sich nicht finden. Die Schwester weinte auch vor Wut ob solcher Schlechtigkeit und schenkte mir als Ersatz einen Rubel. Also Kiew brachte mir nur Schlechtes: Fuß gebrochen, schlechte Behandlung und bestohlen.

Der 18. Juni und Abtransport war gekommen, wollen sehen, was uns Moskau bringt. Nach langer Fahrt, in mit Plachen geschlossenen Straßenbahnwagen, machten wir endlich Halt. Eine Menge Menschen gaffte uns an und alle fragten: Germansky? Austricky (ob wir Reichsdeutsche oder Österreicher seien)? Nun brachten sie Wasser, Semmeln und auch Erdbeeren, was uns bei der Hitze wohl tat. Viele Frauen und Mädchen weinten, als sie uns Unglückliche betrachteten. Nach etwa einer halben Stunde wurden wir samt den Bahren herausgezogen und standen nun auf der Straße, den Blicken der Neugierigen ausgesetzt. Eine halbe Stunde musste man uns tragen, die beiden Träger mussten oft rasten und da konnte man so richtige Studien machen. Größtenteils Damen in schönen Kleidern verspotteten uns, Kinder liefen uns johlend nach, Mütter, eher aus dem Arbeiterstand, warfen uns ein oder zwei Kopeken zu. Ein junges, hübsches Mädchen fragte mich in deutscher Sprache, wie es mir gehe, von wo ich sei usw., nahm aus einem schönen Rosenstrauß die schönste Rose, wie sie sagte, und steckte sie mir ins Knopfloch. Meine Träger sagten zu allem nichts, aber das war ihnen doch zu viel, sie riefen dem Mädchen etwas zu, jedenfalls nichts Schönes, weil es ganz rot wurde und sie beide lachten.

Endlich kamen wir in einem Frachtenbahnhof an und wurden in eine Baracke gestellt. Abends wurden wir eingeladen, es waren Güterwagen mit je 12 Hängebetten, nun gab es Suppe. Bemerkenswert ist, dass das Essen am Transport immer besser ist als in den Spitälern, aber nur, wenn man in Sanitätszügen fährt. Zu dieser Zeit, also Juni 1915, war die Speisefolge so ähnlich: morgens Tee, dazu ein Stück Weißbrot, drei oder vier Stück Zucker für den Tag. Mittags ein Stück Schwarzbrot, Suppe, Fleisch und Kasche (Buchweizen oder Hirsegrütze), nachmittags Tee und abends Suppe und Brot. Kranke bekommen Milch, Grießgrütze und auch Eier. Es waren auch öfters Ärzte und Schwestern, die sich gut bewährten, Medizin reichten und auch gut verbanden, viele sprachen deutsch. Die Sanitätsmannschaften am Transport waren sehr oft Juden, sprachen deutsch und vertrauten uns auch öfters Neuigkeiten an. Am Morgen des 21. kamen wir in Moskau an und wurden gleich in das der Bahn nahe gelegene Spital (große Kavalleriekaserne) gebracht. Als wir auf den Betten lagen, wurde von einem Wohltätigkeitskomitee jedem eine Semmel mit Wurstschnitten und zwei Zigaretten verabreicht. Nun bat ich wieder, dass mein Fuß eingerichtet werden solle, aber vergebens, man versprach und verband mich auch alle Tage, aber kein Arzt bemühte sich. Man sagte, ich käme von hier bald weg und dort, wo ich dann hinkomme, würde man es machen. Mit diesem Trotte verließen wir auch Moskau am 25. Juni und kamen am 26. abends in Rybnisk a. d. Wolga an.

Es ist dies die Endstation einer Bahn von Moskau aus. Als wir in einem eigentlich schönen Bahnhofsgebäude untergebracht und das übliche sechs- bis siebenmalige Zählen durch Offiziere und Mannschaften beendet war, wurden wir von je vier Mann ins Spital Nr. 22 getragen.

Der Platz vor dem Bahnhof war mit Menschen ziemlich bedeckt, welche Spalier bildeten und gerne Austricky sehen wollten. Unser bedauernswertes Aussehen trieb so manchem Mütterlein, die wohl einen Sohn im Felde oder Gefangenschaft haben mochte, die Tränen aus den Augen. Man warf uns auch einige Kopeken zu. Es gab aber viele, die sich über unser Unglück freuten und drohende Zeichen gaben. Im Spital 22 wurden wir in ein Zimmer gebracht, uns die Kleider abgenommen und frische Wäsche verteilt, sodann ging 's in die Krankenzimmer. Einfache Holzstellen mit Strohsäcken und Decken, dicht nebeneinander. Da sollten wir vorerst zur Beobachtung bleiben und dann nach acht Tagen in den ersten Stock in die schönen Räume kommen, denn es war ein schönes Haus (wieder Priesterseminar). Das Essen war so leidlich, ich war sehr krank und konnte nichts vertragen. Dem ersten Arzt Dr. Germann, der schon in Deutschland als Assistent tätig gewesen war, und einem reichsdeutschen Sanitätsunteroffizier Karl Kroll, der einen schweren Lungenschuss hatte und nach Beendigung seiner viermonatigen Heilung hier Feldscheer spielte, haben wir Deutsche viel zu verdanken. Es war rührend anzusehen, wenn Dr. Germann Visite machte. Einige Tage nach unserer Ankunft sprach er uns schon beinahe alle beim Namen an, z.B.: „Nun, Mayer, wie geht 's denn dir?" Ich sagte, dass ich furchtbare Leibschmerzen habe und die gewöhnliche Kost nicht vertrüge.

„Ich habe dir doch schwache Kost verordnet."

Ich sagte: „das wohl, aber ich bekomm sie nicht."

Nun ließ er die Schwester rufen, machte ihr den Standpunkt klar, der Schweiß rann ihm von der Stirne vor Erregung und den vielen Sorgen, weil doch auf ihm alles lag. Die Schwester stand hinter ihm und schnitt Grimassen wie ein Gassenjunge.

Dr. Germann sagte oft zu Karl Kroll: „Ich werde noch verrückt, mit einer solchen Horde muss man arbeiten."

Ich kenne einen Fall, wo alle anderen Ärzte und Feldscheer sagten, der Arm wird amputiert, aber Dr. Germann sagte: „Nein, ich versuche es mit einer Operation!", und als ich nach zehn Wochen Rybinsk verließ, war der Mann beinahe schon ausgeheilt. So hat man in russischen Spitälern viele Hände und Füße amputiert, wo noch eine Heilung möglich gewesen wäre. Dr. Germann hatte alle Deutschen sehr gerne und stellte uns immer als Vorbild den anderen gegenüber dar. Wenn sich von uns einer rührte beim Verband, so sagte er: „Schrei nicht, ein deutscher Soldat muss alles aushalten." Tatsächlich, die Zähne bissen die Leute aufeinander und der Schweiß perlte von der Stirne vor Schmerzen und Aufregung, aber selten schrie einer.

So gut er sonst für uns sorgte, so streng mussten die Vorschriften eingehalten werden. Alles ließ er in Deutsch, Ungarisch und einigen slawischen Sprachen an den Wänden ersichtlich machen und wehe, der sich verging, besonders das Rauchen im Zimmer der Schwerkranken. An meinem Fuß machte man nichts, denn durch das lange Trösten in Kiew und Moskau war der Fuß schon angewachsen und ich so schwach, dass ich Narkose und nochmaliges Brechen nicht ausgehalten hätte; dazu tröstete man mich mit dem Austausch. Mein Fuß war um 14 cm kürzer und so blieb es.

Unseres guten, deutschen Sanitätsunteroffizier Karl Kroll will ich noch gedenken. Er legte nicht nur die besten Verbände an, sondern sorgte auch, dass die Kranken ihr gebührliches Essen bekamen und ging auch die halbe Nacht, um einem jeden Bedürftigen die Schüssel und Flasche zu reichen. Große Auftritte hatte er mit den

Schwestern, welche eher Straßenmädel als Schwestern waren und er setzte auch größtenteils alles durch, weil er Dr. Germanns rechte Hand war und von demselben viele Rechte erhalten hatte.

Von unseren Fenstern aus sah man eine Menge Kirchen, wo immer sehr viel geläutet wurde. Die schönsten und in Russland am häufigsten vorkommenden sind Kirchen mit mehreren goldenen Kuppeln. Anfangs, so erzählte Karl Kroll, wurden auch die fähigen Gefangenen von Schwestern und Wärtern sonntags zur Kirche geführt, da aber viele die Bevölkerung anbettelten und auch wegliefen und erst spät nachts nachhause kamen, wenn sie nicht früher aufgegriffen wurden, stellte man diese Begünstigung ein. Eins sei noch erwähnt: Die Schwestern trieben es so arg, dass sie sich im Verbandszimmer über uns, wenn wir nackt dalagen, in verpönter Weise unterhielten, das war doch das Ärgste. „Mädchen aus der russischen Gesellschaft, Schwestern vom Roten Kreuz."

Bei unseren Fenstern, die immer offen waren, flogen oft Tauben herein, machten eine Runde und wieder hinaus, nun hieß es „Friedenstauben". Was wurde den ganzen Tag von dem lieben Frieden gesprochen und nie kam er. Wie oft schrieb ich nachhause, aber nie bekam ich Nachricht, also völlig von der Welt abgeschnitten. Doch tröstete mich, dass die Lieben zuhause von den vielen Karten doch einen Teil bekommen würden.

Am 27. Juli ging es von hier ab und die Russen wollten mir durchaus meinen Mantel abkaufen, ich sagte, ich bräuchte ihn noch in Sibirien, worauf sie lachten und meinten, ich sei Invalide und käme bald nachhause. Wer hätte auch glauben können, dass es anders würde. Alles, was gehen konnte, ging und ich als Einziger musste ins Spital 23 getragen werden.

Die Stadt war verhältnismäßig nicht unschön zu nennen. Meistens hölzerne Häuser, gestrichen, mit vielen Verzierungen, grünen und roten Blechdächern. Die Straßen, und das ist in Russland charakteristisch, ließen sehr zu wünschen übrig. Schlechtes holpriges Pflaster und statt Kanäle Gräben, wie auf einer schlechten Wiese. Ein großer, einer Heide ähnlicher Marktplatz, auf dem alles mögliche wie Heu, Stroh, Holz, Möbel, Körbe, Fische, Käse, Töpfe, Kleider und dergleichen mehr feilgeboten wurden. Wo man schaute Kirchen und wieder Kirchen.

Nach einer Zeit von beiläufig drei Viertelstunden kamen wir vor einem großen Haus an. Im Hof waren Zelte aufgeschlagen, dort musste man sich ausziehen, wer sich selbst helfen konnte, musste wieder in ein anderes Zelt gehen und dort konnte er sich mit einem Kübel Wasser abwaschen, „baden". Ich musste natürlich auf das „Bad" verzichten, da ich nicht gehen konnte und einen Verband hatte. In einem großen, langen Saal, der wohl 250 Betten fasste, kam ich zu liegen. Es waren größtenteils Reichsdeutsche, Deutsche, Österreicher und Ungarn. Ich traf auch dort wieder einen Kameraden namens Streer, Beamter bei der Firma Schicht, der die Fahrt von Moskau bis hierher mit mir gemacht hatte. Dann auch Herrn August Mayer, Glasermeister aus Wien, der ebenfalls mit mir ausgetauscht wurde und viele andere. Es hieß, hier sei das letzte Spital, da würde man ausgeheilt und dann ginge es ins Lager. Es waren hier eine Menge Ärzte und auch ganz tüchtige, aber ich auf meiner Abteilung hatte einen Zahnarzt, der eher einem Barbiergesellen als einem Arzt ähnlich war und auch nichts verstand. Er sprach aber ziemlich gut Deutsch.

Meine Wunde wurde täglich von einem alten Feldscheer, der im Frieden wohl Maurer oder so was Ähnliches war, verbunden. Er reinigte dieselbe schlecht und schmierte außen Jodtinktur und schwefelartiges Pulver darüber, sodass es schnell zuheilte, manches Mal kam auch der Zahnarzt und stocherte mit einer Pinzette nach Knochensplittern. Das Essen war so recht russisch, Tee (Erdbeerblätter), sehr schwarzes, feuchtes Brot, Krautsuppe (Kaputso) und Kasche. Die Zeit vertrieb man sich, d. h. wer sitzen und stehen konnte, mit Dame und Schachspiel, aus Holz verfertigt.

Abends, wenn die Ärzte weg und ein gemütlicher Posten war, wurde am Klosett, welches zugleich Rauchzimmer war und dreißig bis fünfunddreißig Mann fasste, gesungen: patriotische und Nationallieder und zwar immer abwechselnd deutsch und ungarisch.

Eine kleine Begebenheit sei angeführt. Ein junger Budapester Infanterist, der sich schon auf der Fahrt von Moskau zum Feldwebel beförderte, hatte im Spital 22 mit einem Wärter einen Auftritt. Es kam zu Schlägereien und er wurde nun zwei Monate als Feldwebel in den Arrest gesteckt. Die Russen wussten nichts und unsere, die es wussten, sagten nichts. Eines Tages ging an meinem Bett einer im blauen Offiziersmantel, die Mannschaften hatten braune, vorbei. Ich schaue ihn an und sage zu meinem Kameraden Jakob Wurm aus Egelsbach in Rheinhessen: „Du Jakob, den kennen wir." Als er zurückging, überzeugten wir uns und es war tatsächlich unser guter Mann. Als er vom Arrest herauskam, schnitt er sich von seinen drei Sternen zwei herunter und als die Russen fragten, ob er Fähnrich sei, sagte er ja. Nun kam er in das Offizierszimmer, wo er natürlich ein schöneres Bett und bessere Kost hatte. Aber unsere Offiziere erkannten gleich, dass es kein Kollege war und auch der Spitalsverwalter fand es bald in den Papieren. Dem war es auch zu danken, dass die Sache so glimpflich abging. Auch unsere Offiziere, mit denen sich der Verwalter, der einen Schwager in Deutschland hatte und ein invalider Oberleutnant aus dem japanischen Krieg war, öfters unterhielt, baten ihn, die Sache zu vertuschen. Es sollte keinen Skandal geben, weil in einigen Tagen sowieso schon der Transport ginge und da wurde er dann mitgeschickt, aber nicht als Fähnrich.

Mein Zustand wurde nach und nach besser, ich stand nun schon ein wenig auf, ging mit zwei Krücken von einem Kameraden geführt. Die gut zu Fuß waren, konnten täglich nach dem Mittagessen eine Stunde in den Hof spazieren gehen. Endlich, am 5. September 1915, als ich schon vergebens auf Post gewartet hatte, bekam ich aus Charlottenburg 4 Rubel 75 Kopeken. Mein Vermögen war auch schon ganz zusammengeschrumpft. Das war eine Freude!

Nun konnte ich doch wieder ein Stück Weißbrot und Zucker kaufen. Es gab nämlich ein kleines Stück Brot morgens und drei Stück Zucker. Die Raucher mussten nun diese beiden Sachen verkaufen, um ihre Leidenschaft zu stillen, denn Geld hatten die wenigsten. Ich war jetzt Kapitalist. So kamen sie täglich ihrer zehn und boten die Ware an. Das Stück Brot zwei Kopeken, die drei Stück Zucker eine Kopeke, so war der Kurs. Mir blutete das Herz, wenn ich von Leuten, denen der Hunger aus den Augen sah, kaufen sollte, aber sie wollten es.

Endlich, am 7. September sollte der Transport abgehen. Acht Tage vorher traf man schon Vorbereitungen, von unserer Abteilung sollten zwanzig Mann gehen. Nun brach aber einem Reichsdeutschen seine Armwunde auf und der Feldscheer bestimmte mich als Ersatz, es war am 6., abends. Ich ließ ihm verständlich machen, dass ich doch in diesem Zustand nicht ins Lager gehen könne und auch alle Kameraden entsetzten sich. Nächsten Tag am Mittag sollte es abgehen, alle meine Proteste halfen nichts. Um neun Uhr morgens kam mein Doktorchen.

Aufgeregt, wie ich war, rief ich ihn gleich zu mir und fragte ihn: „Herr Doktor, geh ich auch mit dem Transport?"

Und er sagte: „Ja, Herr Mayer."

Ich sagte ihm, wie krank ich sei, so schwach, dass ich zitterte, wenn ich mich im Bett aufsetzte und dazu sei doch mein Fuß so viel kürzer, ich gehörte zur Invalidenkommission.

Da klopfte er mir auf die Schulter und sagte: „Mayerchen, so schlimm ist das nicht, ich muss zwanzig Mann schicken, einer ist krank geworden, Ihre Wunde ist zu, so müssen Sie gehen."

Ich darauf: „Herr Doktor, das ist doch lächerlich, schablonenhaft, bei uns in Österreich schickt man eben so viele ins Lager, als gesund sind. Bitte machen Sie doch, dass ich wenigstens solange hier bleiben kann, bis ich halbwegs gehen kann."

Nun sagte er: „In zwei Stunden geht der Transport und da kann ich nichts mehr machen. Bei uns geht das nicht so schnell und übrigens habe ich hier keine Krüppelhandlung. Sie gehen ins Lager und können auch dort vor eine Kommission gehen, wenn ich gewusst hätte, dass Ihr Fuß so viel kürzer ist, so hätte ich Sie schon längst einer Kommission vorgestellt und Sie wären schon zuhause."

Nun war's vorbei mit meiner Geduld und ich rief: „Sechs Wochen haben Sie mich hier gehabt und da haben Sie das nicht gesehen? Nun, Sie können mir Leid tun! Und das nennt man Doktor??"

Nun stürzte ich in die Polster zurück und sprach: „Ach Gott, wenn man vom Schicksal verfolgt und dann in solche Hände gerät, es ist doch zu schrecklich."

Er ließ sich aber nicht beirren und sprach mir immer zu, im Lager wäre es viel schöner, mehr Freiheit, usw. Alles Protestieren half nichts. Nun ging's in den Hof, dort bekamen wir unsere Kleider, welche ganz feucht und muffig waren, da sie in den Kellern aufbewahrt worden waren. So wie wir die Hemden vor sechs Wochen ausgezogen, mussten wir sie heute wieder anziehen. Als Ersatz für fehlende Stiefel, gab's Rohrstiefel. Nach etwa zwei Stunden kamen unsere Begleiter. Nachdem wir ca. sieben- bis zehnmal gezählt waren, wurden wir in Nationen eingeteilt und dann ging's ab.

Wir mit den Krücken, wurden zu je fünf Mann auf Einspänner geladen, die anderen mussten zu Fuß zur Bahn gehen. Das war ein Fahren auf dem holperigen Pflaster! Am Bahnhof mussten wir wieder vielleicht eine Stunde warten. Endlich wurden wir verladen, vierzig Mann in einem Wagen auf Bretter. Es waren viele mit Krücken und Stöcken dabei. Das wird was werden! Hinauf klettern konnte ich nicht, so lag ich ganz unten neben dem Boden wie ein Hund, ohne mich zu rühren. Zum Glück war das Wetter ganz schön, sodass man die Tür offen halten konnte.

Wir fuhren durch einsame Gegenden, Feld, Feld, armselige Dörfer mit schönen Kirchen. Täglich bekamen wir fünfundzwanzig Kopeken Kostgeld, da mussten immer die, die gehen konnten, aussteigen und heißes Wasser holen. In den Stationen waren Buden aufgestellt, dort war heißes Wasser zu haben und in den Buden (Lafka) Brot. Dann wurde Tee ohne Zucker getrunken und Brot dazu gegessen. Davon lebten wir, auf mehr reichten die fünfundzwanzig Kopeken nicht. Beim Tee (getrocknete Erdbeerblätter) kostete ein Paket, nochmals so groß wie die schwedischen Streichholzschachteln, zehn Kopeken. Manches Mal blieben wir einen ganzen halben Tag in einer Station stehen und es gab auch manchen Tag Suppe und Kasche, dann natürlich keine fünfundzwanzig Kopeken. So schlecht unsere Lage war, so ließen unsere Leute sich doch nicht den Humor nehmen, den ganzen Tag wurde gesungen.

Auf den Stationen traf man öfters Soldaten aus dem Kurland und Juden, die erzählten von der Kriegslage und so verging die Zeit. Ohne Ahnung wohin und wie es uns gehen würde, fuhr man in den Tag hinein. So wie totes Frachtgut, ohne dass sich jemand um uns kümmerte. Wenn wir über eine Brücke fuhren, so mussten vorerst die Fensterläden geschlossen werden und wenn wir zu einer Stadt kamen, schlossen die Posten die Türen ganz einfach ab.

Zu dieser Zeit trafen wir auf einer Station einen Transport deutschgesinnter Soldaten, die hatte man aus Furcht eines möglichen Überlaufens von unserer Front abgelöst und schickte sie nun an die türkische; sie versprachen aber auch dort überzulaufen.

Endlich, am 13. September abends blieben wir stehen und sollten ausgeladen werden. Einige Male hatte man uns auch betrogen und statt fünfundzwanzig Kopeken nur zehn oder fünfzehn Kopeken ausbezahlt. Aber was wollte man machen, wo sollte man sich beschweren?

Die Nacht verbrachten wir im Wagen, erst morgens wurden wir ausgeladen. Zum Unglück hatte es noch geregnet. Nun hieß es gehen, auch wir mit den Krücken, es war aber unmöglich in diesem Kot, Steinen und Löchern. Wir baten um Wagen, vergebens. Bei jedem Tritt musste man gefasst sein, jetzt fällst du hin und brichst nochmals das Bein. Zum Glück kam nun ein russischer Offizier und den bat nun unser Oberleutnant.

Mehrere Bauernwagen, wie ja in Russland genug herumstehen und auf Beschäftigung warteten, wurden requiriert, es ging weiter. Die Kutscher schimpften, denn sie wussten ganz gut, dass sie von der Regierung nur ein Versprechen, aber kein Geld bekommen würden. So viel Kot habe ich in meinem Leben noch nicht gesehen. Mitten auf der Straße fielen wir bis zur Achse ein. Wohl drei Viertelstunden sind wir gefahren und kamen in einem Lager an.

Baracke an Baracke, Kot über Kot; dass man nicht versank, hatte man Holzscheite gelegt und Bretter darauf genagelt. Soldaten und Kinder, Kühe und Schweine, gingen hier spazieren. Es war ein großes Militärlager und einige Baracken für Gefangene. Nun hielt unser Wagen. Von Kameraden wurden wir heruntergehoben und standen nun bis über die Knöchel im Kot. Nachdem wir alle verlesen, österreichische Feldwebel hatten hier das Kommando, ging's in diesen Stall hinein. Wir waren schon auf etwas gefasst, aber das übertraf unsere Erwartungen.

Ein Monturmagazin, wo früher Hosen und Mäntel, da lagen jetzt Menschen, deutsche und österreichisch-ungarische Soldaten, in drei Reihen übereinander. Die ersten, meistens solche mit Krücken, lagen 5 cm vom Boden auf Brettern, die zweiten 1 m über den ersten und die dritten 1 m über den zweiten, einer knapp an den andern gedrückt. Kaum lag man, so spürte man schon beißen. Die Kameraden, welche schon länger hier waren, sagten: „Läuse und Flöhe, nicht zum Aushalten." Tatsächlich, kein Auge schlossen wir diese Nacht. Eine Luft war in der Bude! Es waren wohl einige Fenster, aber nicht zum

Öffnen. Beim Morgengrauen ging das Lausen an. Ich habe gezählt. Nicht weniger als achtzig Läuse hatte ich im Mantel, Hose, Bluse, Hemd und Unterhose, von den Flöhen sprangen die meisten davon. So etwas ist doch nicht mehr menschlich.

Viele mussten arbeiten gehen, da sie aber nichts dafür bekamen, wollten sie nicht, so wurden sie von den Russen mit Riemen von den Pritschen heruntergetrieben. Alle anderen mussten täglich einmal, manches Mal auch öfter, ob es schön war, ob es regnete, auf der Wiese antreten um dort sechs- bis siebenmal gezählt zu werden. Nur die mit Krücken durften auf ihr Bitten hin in der Bude bleiben, darunter auch ich. Wenn aber schönes Wetter war, gingen wir schon morgens hinaus und erst abends hinein. Vor der Bude ekelte uns.

Auf der Wiese zog man sich dann aus und suchte sich die Läuse ab und sah den russischen Rekruten zu. Wenn man Glück und Geschirr (Blechkanne) hatte, so konnte man morgens heißes Wasser bekommen, wo man sich dann Tee abbrühte. Um elf Uhr gab's schwarzes, feuchtes Brot, das aßen die meisten gleich auf. Um zwölf Uhr ging's zum Essen. Ohne Rücksicht auf das Wetter musste man zwanzig Minuten lang zu einer Wiese am Rande des Lagers gehen, wo sich unsere Küche befand. Partienweise, je zehn Mann nur eine Schüssel (Waschbecken) lagen wir, mit einem Holzlöffel bewaffnet, auf einer Wiese, von der wir vorher die Schweine und Kühe vertreiben mussten. Der Partieführer, meistens eine Charge, musste auf seine Nummer warten und dann das Waschbecken mit Wassersuppe, in der sich zehn nussgroße Stücke Leber oder Lunge befanden, in Empfang nehmen. Dampfend wurde sie nun ausgelöffelt, ohne dass einer auf den anderen Rücksicht nehmen konnte, und wenn, so hätte er nichts bekommen. Wenn die Suppe fertig verteilt war, so kam die Kasche daran, aber wie viel? Was ein Hungriger allein gegessen hätte, das war für zehn und hungrig waren alle. Wenn man Glück hatte, so konnte man sich am Nachmittag wieder heißes Wasser holen. Abends ging's wieder auf die Wiese und da gab es wieder Suppe, aber statt Lunge oder Leber, pro Mann eine Kartoffel. Nun sahen wir, dass wir hier verhungern müssten. Zugleich bemerkten wir, dass die Russen, 40- bis 45-jährige Tartaren, um eine Stunde vor uns aßen und das wurde ausgenützt. Sie gaben auch öfter etwas zu, hatten doch bessere Suppe und Kasche und auch so viel, dass sie etwas entbehren konnten. Nun wurden Menageschalen, Töpfe und Konservenbüchsen besorgt. Ich selbst hatte eine Menageschale, hängte dieselbe am Mantel an, so wie unsere Taxameter und ging nun mit einem deutschen Unteroffizier, Albert Hühnmörder aus Mecklenburg-Schwerin, betteln.

Bärtige Kerle, Russen, je zehn Mann um einen Eimer (Kübel aus Schwarzblech) standen sie, rechter Hand den Holzlöffel und in der linken Hand ein großes Stück Schwarzbrot, das einer von einem wagenradgroßen Laib abschnitt. Ab und zu schnäuzte sich einer ohne Taschentuch mit der Hand, in der er den Löffel hatte. Wir schauten jedem Löffel, der hinter ihren Bärten verschwand, nach. Endlich hörten sie zu essen auf und es war noch ein schöner Teil übrig. Wer wird jetzt der Glückliche sein, so fragten sich zehn, fünfzehn Mann, die sich bei dieser Partie aufhielten. Wir mit den Krücken hatten den Vorzug und meine Schale war auch schon gefüllt. Nun wurde gedankt und dann gegessen, abwechselnd hielt Albert und dann wieder ich die Schale. Auch Brotstücke und Kasche fielen öfter ab.

Wer hätte sich einmal gedacht, dass so etwas kommen könnte? Aber der Mensch gewöhnt sich an alles und Hunger tut weh. Im ganzen Lager war nur ein Brunnen und der war den ganzen Tag besetzt, so musste man froh sein, dass manches Mal ein Kamerad einen Topf Wasser brachte, dass man sich die Augen auswaschen konnte. Von unserer Baracke musste man, wenn man gut zu Fuße war, fünfzehn Minuten gehen, um den Abort zu erreichen. Wir mit den Krücken konnten ihn gar nicht benützen. Es war ein vier Meter langer, eineinhalb Meter breiter und zwei Meter tiefer Graben, darüber waren, ähnlich wie Dachsparren, drei Paar Stangen aufgestellt. Auf jeder Seite waren waagrecht zwei Stangen befestigt; auf die untere musste man sich stellen und auf die obere anlehnen. Die Krückenkompanie ging immer auf den Misthaufen, denn es war auch Kavallerie dort, natürlich gab es von den Posten öfters Rippenstöße, aber meistens war es schon vorbei, wenn er kam.

Wenn schönes Wetter war, so blieben wir den ganzen Tag auf der Wiese und da konnten wir zusehen, wie die Russen abgerichtet werden, das machte Spaß. Viertelstundenlang traten sie auf einer Stelle den Boden mit lautem Zählen: rast, dwa, drie. Wenn sie dann mit dem Gewehr übten, wurden mehrere Holzgestelle mit gefüllten Strohsäcken aufgestellt (Germansky und Austricky) und ihnen schreiend und brüllend das Bajonett durch und durch gerannt. In das Spital konnte man nur kommen, wenn man halb tot war, wie oft hab' ich es versucht, leider vergebens.

In Pensa traf ich viele Landsleute und Wiener und so vertrieb man sich mit Erzählen die Zeit. Öfter gab es Schlägereien unter den Kameraden und auch mit dem Wärter. Wenn ein russischer Unteroffizier von einem

Gefangenen einige Ohrfeigen erhielt, so gab 's meistens fünf bis elf Tage Arrest; andere wurden wieder unschuldig einige Monate eingesperrt. Die Postverhältnisse waren schlecht. Wie oft schrieb man nachhause, aber nie kam Nachricht aus der Heimat, und wenn, dann für solche, die schon lange weg waren. Zeitungen gab es nicht, so wusste man gar nichts und lebte gerade wie das Vieh. Schlechtes Futter und Lager, Läuse und Flöhe.

Anbei ein kleines Gedicht:

Erinnerung an Pensa!

Idie, Idie (Geh, Geh,) so heißt 's in aller Früh
Und ist man nicht rasch von der Pritsche auf
So hat man vom Russen mit dem Stecken paar drauf.
Rasch, nur rasch die Kannen her,
Sonst gibt's kein Tschaiwasser (Teewasser) mehr.
So rufen am Morgen die armen Schlucker
Und trinken den Tee dann ohne Zucker.
Hat man den Tee kaum bei dem Mund,
So heißt es schon Vergatterung.
Hinaus, auf die Wiese und ohne Faxen,
Ob gesund oder mit krumme Haxen.
Alles muss hinausspazieren.
Freunderl! Da kannst du frieren
Bis der Russe alle gezählt,
Ob von uns nicht einer fehlt,
Vergeht der halbe Tag,
Das ist die größte Russenplag.
Und es zählen ihrer sechs bis sieben,
Die Zahl hat jeder aufgeschrieben,
Doch hat jeder eine andere Summe,
Da weiß man nicht, wer ist der Dumme.

Hat der oder jener Recht,
Oder zählen sie alle schlecht.
Und nun sprechen wir vom Essen,
Das dürfen wir hier nicht vergessen.
Wenn zehn Mann an einer Schüssel,
Waschen sich den Rüssel.
Und es rauft sich die Bagage
Mit dem Löffel um die Kasche.
Jedermann mit wildem Blick,
O, du elendes Geschick.
Später, anstatt einer Jausen,
Fingen sie sich an zu lausen.
Ist man mit dem Lausen fertig,
Ist das Abendmahl gewärtig,
Wenn auch nur 'ne Wassersuppe,
Doch das ist den Russen schnuppe.
So vergehen Tage, Wochen,
Du bist nur mehr Haut und Knochen
Kommst du ins Spital hinein,
Da kannst du versichert sein;
Lebend kommst nie mehr heraus.
Man schleppt dich zum Friedhof 'raus.
Kommt dann endlich mal der Frieden
Bist du aus der Welt geschieden.
Und ein Sprichwort sagt uns klar:
Traurig … aber wahr.

Reise nach Sibirien

Alle Bemühungen, in Pensa in ein Spital zu kommen, blieben erfolglos. Was sollte nun werden, hier den Winter zu überleben, war nicht möglich. Nun wurden Gerüchte laut: „Transport".

Es war am 7. Oktober 1915. Alle Reichsdeutschen, Deutsche, Österreicher und Ungarn mussten antreten und sich zum Transport rüsten. Die Krückenkompanie wurde auf Bauernwagen geladen und mindestens fünfzehnmal gezählt. Die andern marschierten auf die Wiese und dort wiederholte sich stundenlang dasselbe. Jetzt fing es zu regnen an, kalt, dass man glaubte, das Gesicht platzt. Nun fuhren wir auch auf die Wiese und dort wurden wir wieder verlesen, in Germansky, Austricky und Magyaren sortiert, um dann wieder alle durcheinander transportiert zu werden. Endlich, nach beiläufig zweieinhalb Stunden, solange hat das Zählen der siebenhundert Mann gedauert, stimmte es doch, und so ging es in denselben Kot, in dem wir vor vier Wochen angekommen waren, wieder zurück.

Nun waren wir am Bahnhof und wurden verladen. Zwei guten Kameraden hatte ich es zu verdanken, dass ich diesmal einen Platz oben bekam. Es waren rund sechsunddreißig Mann. Zirka einen halben Meter vom Boden waren Bretter, da lag die Hälfte der Männer und $5/4$ Meter hoch wieder Bretter, da lag die zweite Hälfte, darunter auch ich. Neben mir lag mein guter Kamerad Wenzel Lauska, Angestellter der Firma Schicht in Aussig, der mir, da ich doch ununterbrochen liegen musste, sehr viel Dienste erwies. Wo würde es hingehen? Viele vermuteten

Sibirien, aber gesagt wurde uns nichts. Da lagen wir nun, so wie die Rinder, die uns entgegen an die Front fuhren und auch nicht wussten, was mit ihnen geschieht.

Unser Wagen hatte keine Fenster und auch keinen Ofen, es war aber schon Oktober und ziemlich kalt. Wenn wir Licht haben wollten, und eins von den eisernen Fensterlöchern öffneten, so war es kalt zum Erfrieren. Nun baten wir, man möge uns doch einen Ofen geben, leider ohne Erfolg. Es blieb nichts anderes, als uns selbst zu helfen. In den Stationen, in denen wir länger hielten, sprangen die gesunden Kameraden raus und stahlen Holz, wovon es zum Glück genug gab, meistens Birkenholz. In die Mitte des Wagens wurde ein Haufen Sand gegeben, dieser schön geebnet. Große Scheite Holz zerkleinerten wir mit Taschenmessern und Holzkeilen, die mit Steinen angetrieben wurden. Dann wurde Feuer gemacht und wir hockten herum wie Zigeuner und waren froh, dass uns wenigstens nicht fror. Aber der Qualm des feuchten Holzes, wie der in den Augen brannte! Wenn man die Türe öffnete, so war es gleich wieder kalt, dazu nichts im Magen. Nun wurden zwei Mann als Feuerwache bestimmt, die andern legten sich hin und verbanden sich das Gesicht. Die Bahnangestellten kamen, schimpften und warfen Feuer und Holz hinaus. Die Transportbegleiter, so roh sie sonst waren, sagten aber, wir sollten nur wieder Holz holen, weil sie doch einsahen, dass es sonst nicht auszuhalten war.

Nun wurde wieder Holz geholt, in Ermangelung auch die Innenverschalung des Wagens heruntergerissen und tüchtig geheizt. Unser Bitten und Drängen auf einen Ofen blieb unbeachtet. So lagen wir nun, die Läuse hebten uns sozusagen und wir konnten uns dagegen nicht wehren, weil es stockfinster war.

Täglich bekamen wir fünfundzwanzig Kopeken Kostgeld und manchmal wurden wir auch darum betrogen. Die fußgesunden Kameraden stiegen aus und kauften ein: Brot und ein Päckchen Konserventee (getrocknete Erdbeerblätter), dazu aus den Wassertürmen, die sich in den meisten Stationen befanden, heißes Wasser. Also davon lebten wir. Täglich fünf- bis sechsmal heißes Wasser, ohne Rum und Zucker. Manch Glücklicher, der Geld von zuhause hatte, kaufte sich auch ein Stück Wurst und Zucker. In Ermangelung eines Abortes musste man während der Fahrt die Türe ein Stück öffnen. Uns mit den schlechten Füßen hielten zwei Mann, und so musste man seine Notdurft verrichten, trotz der herrschenden Kälte und dem Schnee. Daher kam es auch, dass sich viele Erkältungen zuzogen, dazu Unterernährung. Sie mussten unterwegs ausgeladen werden und ins Spital kommen. Diejenigen, die gehen konnten, stiegen in den Stationen aus und benutzten die schon in Pensa beschriebenen Latrinen. Es standen mehrere zur gleichen Zeit darauf, das Holz, den Witterungsverhältnissen ausgesetzt, war morsch, brach und mehrere fielen in den mit Kot gefüllten Schacht, vier ertranken. So ging es unseren Soldaten in Russland.

Nun ging's über Samara und Ufa, beides auch größere Gefangenenlager. Auf den verschiedenen Stationen trafen wir Züge mit Proviant und Kanonen, Soldaten, die an die Front fuhren. Meistens brüllten sie und gaben uns zu verstehen, dass sie diejenigen wären, die nach Wien und Berlin marschieren. Wir sagten: „Das glauben wir euch schon, aber nicht als Sieger, sondern auch als Gäste, wie wir hier sind."

Auch begegneten uns viele Mussflüchtlinge aus dem Kurland und Polen, die, bevor die Deutschen kamen, von den Kosaken fortgetrieben, nach Sibirien geschleppt waren, um sich dort anzusiedeln. Drei, vier Familien, ca. dreißig bis vierzig Personen, darunter Greise, Kinder und schwangere Frauen, die auch dort entbinden mussten, waren in solchen Wagen wie wir untergebracht. Man sah Wagen, wo die Familie samt Kuh und Einrichtung einquartiert war. Nun erzählten sie, wie man sie behandelte. Sie wollten doch vor den Deutschen nicht flüchten. Da gab 's Hiebe mit der Knute und viele wurden auch getötet, Hab und Gut weggenommen und ins Elend geschickt. Natürlich wurden diese Unterredungen von den Transportbegleitern, die mit Stöcken und Gewehrkolben einschritten, gleich eingestellt. So traurig unsere Lage war, so sagten wir uns mit Tränen in den Augen, dass es doch für solch alte Männer und Frauen viel schrecklicher sein müsse, in ihren alten Tagen ihr Heim mit so einem Leben vertauschen zu müssen. So wie von unseren Kameraden viele krank wurden und starben, so auch bei ihnen, besonders Kinder und Frauen bei der Niederkunft. Den Vorzug hatten sie, wenigstens einen Ofen zu haben, den wir nach sieben Tagen noch vermissten. Für die Leute wurde auch meistens in den dazu bestimmten Stationsküchen gekocht, und so schlecht es ihnen ging, sie gaben uns oft Suppe und Brot ab. Viele hatten auch von zuhause Geld mit und so mancher Glückliche, der polnisch sprach, bekam einige kleine Münzen.

Nun kamen wir in die Station Tuheljabnisk. Hier beginnt die sibirische Eisenbahn, welche bis Wladiwostok geht und eine Länge von 6108 km hat. Die Lokomotiven werden größtenteils mit Naphta geheizt. Endlich hatte die Fahrt durch die eintönigen Felder ein Ende und wir fuhren durch das Uralgebirge, das einzige größere in ganz Russland. Nun sahen auch die verstockten Russen, dass es an der Zeit sei und so wurden wir auswagoniert und bekamen Wagons mit Schubfenster und Öfen. Das war eine Wohltat und wir dankten dem lieben Gott für das Glück. Meine Kameraden reservierten mir einen Platz beim Fenster. Manches Mal wurde Holz gefasst, meistens aber gestohlen und tüchtig geheizt. Als es ziemlich warm war, ging das Lausen an, das war das Wichtigste. Täglich drei- bis viermal musste man beim Hemd anfangen und beim Mantel aufhören. Das ging auf Kommando. Denn wenn einer nicht gelaust hätte, so hätte er die andern wieder angesteckt. Einmal gab es jetzt auch Essen. Suppe (Kraut), Fleisch und Kasche, das war mal eine Abwechslung und wir waren so glücklich wie bei einem Hochzeitsmahl. Hatten wir doch schon eine Woche nichts als heißes Wasser und Brot gehabt. Nach dem Essen wurde wieder gelaust und dann beim Schubfenster hinausgeschaut.

Es war schön im Wagen und draußen schneite es. Durch das Uralgebirge war es ganz schön. Hohe, mit Wald bedeckte Berge und hie und da ein Fluss oder ein Bächlein. Jedenfalls für einen freien, mit den nötigen Mitteln versorgten Menschen, einige Tage auszuhalten. In den Stationen sah man Bahnangestellte mit Pelzmützen und langen, schweren Pelzen und Filzstiefeln, auch sehr viele Frauen und Kinder, welche Dienst machten. Nun fuhren wir wieder durch eintöniges Feld- und Wiesenland mit armseligen Dörfern und verwahrlosten Holzhütten, nur die Kirchtürme hoben sich majestätisch ab. Armselige Fuhrwerke mit Holz und Heu beladen, bewegten sich, von struppigen Pferden gezogen, auf den schlechten Landwegen.

Sehr große Stationen sind die Städte: Kurgan, Petropawlowsk und Omsk. Auf den Bahnhöfen stehen eine Menge großer, neuer Maschinen, welche mit dem Tender neun Paar Räder haben, richtige Kolosse, zum Glück ist die Bahn noch größtenteils eingleisig. Uns begegnende oder vorfahrende Schnell- und Personenzüge, welche größtenteils Offiziere und Schwestern beförderten, sausten an uns vorüber. Manchmal hielt auch einer und die Insassen unterhielten sich mit uns. Einige beschenkten uns mit einigen Kopeken und Brot. Der Empfänger erhielt aber meistens als Zugabe vom Transportbegleiter mit dem Stock einige Hiebe über den Rücken. Öfter kam es auch vor, dass Kameraden Einkäufe besorgten und unser Zug fuhr davon, nun mussten sie warten bis wieder ein Transportzug kam und mit dem fuhren sie weiter, so genau geht es nicht mit den Gefangenen, wo soll einer auch hingehen? Öfter kamen sie auch am zweiten oder dritten Tag mit einem Personenzug nach und erzählten dann ihre Abenteuer: vom Schlafen in einer Scheune, Betteln oder auch Stehlen bei einem Bauern, um dann zum Schluss aufgegriffen zu werden.

Sehr groß ist der Bahnhof der Stadt Tomsk. Diese Stadt ist die Hauptstadt Sibiriens. Hier sah man schon viele Kamelfuhrwerke, welche Fässer und Kisten von den Bahnhöfen schleppten. Weiter ging 's über Atschinsk, Krasnojarsk, wo auch viele Kameraden schmachten, mit einförmigen Feldern und Wäldern. Dort gehen Millionenwerte an Holz zu Grunde. Griffige Bäume, von Stürmen umgebogen, sind der Fäulnis ausgesetzt. Der Bahnkörper ist so ziemlich rein gehalten, nur in den Bahnhöfen sind große Haufen schmutzigen Schnees, welche nur von der Sonne weggeschafft werden. Auf den Bahnhöfen arbeiteten meistens Gefangene (Slawen und Elsässer).

Wir durchfuhren nun den Bahnhof der Stadt Irkutsk und kamen an den schönsten Teil der Reise, den herrlichen Baikalsee. Tag und Nacht fuhren wir am Ufer desselben, durch eine Menge Tunnels. Wir besorgten auch Ansichtskarten, aber bei der Zensur nahm man uns alles weg. Das Wasser war schön durchsichtig und es bewegten sich viele Dampfer darauf. Im Hintergrunde sah man schöne blaue, bewaldete Berge. Da das Wetter zufällig leichter war, stiegen viele aus und wuschen sich nach langer Zeit im See. Wenn man beim Fenster hinaussah, bemerkte man erst wie schwarz ein jeder war, wie ein Schornsteinfeger. Endlich, nach langen dreiundzwanzig Tagen kamen wir an unseren Bestimmungsort in Beresowka, Transbaikalien an. Sollten wir uns freuen oder grämen?

Jedenfalls war der Transport, der uns schon alle zu Jammergestalten gemacht hatte, vorbei. Bleiche Gesichter, mit hervorstehenden Backenknochen, wie aus einem Kerker kommend, verließen wir den Wagen. Was würde nun kommen? Wie würde es hier werden? Auf die Antwort mussten wir nicht lange warten. Viele Kameraden erwarteten uns schon und sagten gleich: Krautsuppe, wenig Kasche, hartes Lager und viel Läuse, im Spital, wo größtenteils österreichische und deutsche Ärzte arbeiten, sei es aber gut. Deshalb beschloss ich auch mit zwei Kameraden mich bei der Marodenvisite zu melden. Als wir die verheißungsvollen Reden gehört hatten, unsere Gewährsleute (schon länger hier Gefangene) von den Kosaken verjagt und wir vier-, fünfmal gezählt waren, ging 's zu Fuß, wir, viele mit einem Fuß und zwei Krücken, durch Sand bis über die Knöchel dem Lager zu. Man glaubte, die Finger fallen vor Kälte weg, doch man musste die Krücken halten. Endlich war 's erreicht.

In einer Baracke am Rande des großen Lagers wurden wir einquartiert, dieselbe war in kleine stubenartige

Räume eingeteilt, sonst so ähnlich wie in Pensa, nur dass eine Galerie Pritschen war. Uns mit den Krücken gab man alle zusammen und einige Mann brachten uns nun auch mittags Suppe und Kasche, was sie eine halbe Stunde weit herholen mussten. Den Wagon mit Brettern haben wir verlassen und hier sind wir wieder auf Holz gelandet. Wir drängten uns alle um einen riesengroßen Ofen, der mit gestohlenem Holz geheizt wurde. Sobald es anfing warm zu werden, kamen die Wanzen aus ihren Verstecken, Wandfugen und Tapetenfetzen hervor. Nun lagen wir wieder wie die Heringe gedrängt und es fror uns trotzdem, dazu bissen die Läuse und Wanzen. Endlich wurde es Tag und es wurde mit einigen Kameraden beschlossen zur Marodenvisite zu gehen. Unterdessen bot sich eine Überraschung.

Es hieß, eine deutsche Gräfin sei hier und wird die Deutschen beschenken, alle Reichsdeutschen wurden alarmiert. Nachdem sie sich flott formiert hatten, kamen ein dänischer Hauptmann (Zivil) und ein gefangener deutscher Hauptmann in Uniform, hielten markige Reden und überreichten ihnen drei Rubel pro Mann von der deutschen Regierung, die Gräfin war, durch die Reisestrapazen erschöpft, verhindert.

Bei der Marodenvisite hatten meine Kameraden (Schinner und Laufka) und ich Glück. Nach menschlichen Begriffen waren wir ja alle durch die Reise spitalsbedürftig, aber nicht nach russischen. Nach dreiviertelstündigem, anstrengendem Marsch mit den Krücken, kamen wir im Spital an: eine große Baracke, in zwei große Hallen und einige kleine Räume eingeteilt. Erstere für die Patienten und letztere als Küche, Ärztezimmer, Laboratorium usw. In den Hallen standen große Öfen, die auch sehr fleißig geheizt wurden, es war auch höchst notwendig, denn es hatte schon 35° Kälte. Die Betten, Eisenstellen mit Strohsack, Polster, Leintuch und Decke, waren ganz schön und es war auch ganz gut zu liegen, wenn man Monate nur auf Brettern lag, dazu frische Leibwäsche. Wir freuten uns, dass wir so viel Glück hatten. Das Essen war verhältnismäßig gut, nur die ersten drei Tage gab's schwache Kost (Slawi), bisschen Milch und Grießkasche (Grießgrütze), wie es eben für Kranke gehört. Natürlich für uns, die wir doch sonst gesund, nur erschöpft waren und Hunger hatten, war es zu wenig. Von den anderen Kameraden ein Stück Brot ausgebettelt, dann ging es schon. Kamerad Schinner lag in der Halle nebenan und Laufka kam in eine andere Baracke, sodass ich von ihm nichts wusste. Es waren aber viele Kameraden hier und unter solchen Verhältnissen ist man bald mit allen befreundet. Österreichische Sanitätssoldaten machten hier Dienst und morgens kamen auch zwei österreichische Ärzte, Oberarzt Dr. Schuster und ein Assistenzarzt, beide Ungarn. Herr Oberarzt Dr. Schuster sprach sehr gut deutsch und hat sich sehr um die kranken Kameraden verdient gemacht. Nicht nur, dass er sich als Arzt aufopferte, er kaufte auch von seinem eigenen Geld Milch, Butter, Speck und Weißbrot für die schwachen, bedürftigen Patienten. Die Augen glänzten einem jeden vor Freude, wenn die beiden Ärzte kamen und für jeden ein gutes, freundliches Wort hatten. Mit Russen hatten wir nicht viel zu tun. Öfter ging ein Offizier oder Arzt durch, das Essen wurde von russischen Soldaten besorgt, auch die Wäsche. Viele starben, weil sie meistens zu spät ganz erschöpft ins Spital kamen und dann oft die richtige Medizin nicht da war, was übrigens ein chronisches Leiden in Russland ist. Nun wurde ich auch für die nächste Invalidenkommission bestimmt und am 12. November

1915 fand sie auch statt. Wir mussten in eine nicht sehr weit entfernt liegende Baracke gehen und dort waren beiläufig siebenhundert Mann, welche von österreichischen Ärzten bestimmt waren, leider wurden nur zirka 60 % anerkannt. Die Leute aus den Spitälern mussten, weil die Zeit zu kurz wurde, unverrichteter Dinge nachhause gehen und wurden für den nächsten Tag vertröstet.

Wir gingen wieder hin, am halben Weg wurden wir wieder nachhause geschickt, der Generalarzt ging von einer Spitalsbaracke zur anderen und von ihm wurde ich nun auch anerkannt. Also ich musste sozusagen von Europa nach Asien zur Kommission fahren, auch viele, viele andere. Am 16. November, als ich meinen gesunden Fuß schon genug mit Kampferspiritus eingerieben und mich so weit erholt hatte, musste ich das Spital verlassen, da ich ja doch bald nachhause fahren sollte. Wir wurden wieder in unsere alten Baracken geschickt und dort wurden Programme geschmiedet für die Heimfahrt und Bestellungen für die Angehörigen der Zurückbleibenden entgegengenommen.

Am nächsten Tag übersiedelten wir in eine andere Baracke, dort war die Hälfte mit Österreichern, die andere mit Ungarn besetzt, welche auf Holzpritschen lagen, zwei Galerien. Läuse gab es auch genug. Neben uns war eine Baracke, die zur Hälfte mit Reichsdeutschen und zur Hälfte mit Österreich-Deutschen belegt war. Das Kommando führten unsere Unteroffiziere, für Reichsdeutsche die eigenen und für Österreich-Ungarn, österreich-ungarische. Wenn Arbeit war, kam der Russe und verlangte so und so viele Leute und die wurden von den dazu berufenen Unteroffizieren bestimmt. Es war übrigens meist nur Arbeit für uns selbst; Baracken reinigen, Holz besorgen, Wasser für die Küche tragen usw. Im Sommer werden die

Leute aufs Land zu den Bauern geschickt. Ich traf dort sehr viele Landsleute, auch viele, die ich schon früher kannte. Gehen konnte ich schlecht mit einem Fuß auf Eis und Schnee, so lag ich meist auf der Pritsche und fing Läuse und die Kameraden besuchten mich, gratulierten mir zur Heimreise und gaben Grüße und Briefe für ihre Lieben mit. Letztere fielen leider der Zensur zum Opfer.

Das Essen war knapp, von der Qualität nicht zu reden, daran waren wir schon gewöhnt. Wenn man Glück hatte, gab es morgens heißes Wasser, um elf Uhr ein Stück schwarzes Brot, mittags ein mittelgroßes Stück Fleisch, je zehn Mann ein Waschbecken voll Krautsuppe und wenig Kasche. Zur Jause gab's auch wieder Tee (heißes Wasser) und abends Suppe mit Krautblättern oder einigen schlecht gekochten Erbsen; das der Speisezettel. Abort war ziemlich weit entfernt und auch für Leute mit Krücken nicht zugänglich, sonst hätte man noch einen Beinbruch riskiert, so musste man im Freien unweit der Baracke bei 35–40° Kälte in Eis und Schnee die Notdurft verrichten. Zu bemerken ist, dass in Beresowka ein großes Bad eingerichtet wurde und dass sich die, die gehen können, so oft es ihnen beliebt baden können und auch ihre Wäsche waschen dürfen; wir Krüppel konnten natürlich nichts benützen.

Nun hieß es immer heute Transport, morgen usw. Von unseren Offizieren erhielten wir als Reisegeld je einen Rubel, Gott lohn's ihnen! Beresowka liegt in Transbaikalien (Westsibirien), ein kleiner Ort, mit einem großen Lager, welches im russisch-japanischen Kriege angelegt wurde und jetzt 25 bis 30 000 Gefangene beherbergt, auch eine Menge Kosaken. Das Lager liegt zwischen kleinen, mit Wald bedeckten Bergen. Der Boden besteht aus Sand. Ausnahmsweise gibt es dort ziemlich gutes Wasser.

Der Winter beginnt hier im September und dauert bis Mai. Am kältesten sind die Monate November bis März, 35–40°. Der kälteste Tag soll der 21. Dezember 1915 mit 48° gewesen sein. Kein Wunder, dass sich viele die Nasen, Ohren, Hände und Füße erfroren. Unweit in einem Wald ist der Friedhof für die Gefangenen. Im Sommer werden schon die Schachtgräber gemacht, da im Winter die große Kälte Erdarbeiten verhindert. Mitten im Lager ist auch eine Kapelle, wo anfangs die Leichen eingesegnet wurden, jetzt entfällt diese Zeremonie. Bilder, die mir malkundige Kameraden machten, nahm man mir in Petersburg weg. Im Allgemeinen soll Beresowka eins der besseren Lager sein und ist die frühere große Sterbeziffer durch Epidemien, dank dem energischen Eingreifen unserer Ärzte, in den meisten sibirischen Lagern, beinahe vollständig entfallen. Im November 1915 kostete dort ein Pfund Weißbrot fünf bis sechs Kopeken, Schwarzbrot zwei bis drei, Fleisch zwanzig, im Herbst 1914 soll das Pfund Fleisch sieben bis acht Kopeken gekostet haben. Sehr teuer und schlecht zu bekommen war Zucker zu fünfunddreißig bis vierzig Kopeken, ein russisches Pfund hatte vierzig dag. Hier gibt es sehr viele Chinesen, welche hauptsächlich Gärtnerei betreiben, der Russe ist dazu zu faul.

Endlich am 26. November fuhren wir ab. Die gesunden Kameraden brachten uns zur Bahn und wie glücklich waren wir? Hatten wir doch die Hoffnung zu Weihnachten oder Neujahr bei unseren Lieben zu sein! Aber da sollten wir uns getäuscht haben. Nachdem wir uns von unseren Kameraden, sie bedauernd und von ihnen Glückwünsche und Grüße an die Heimat entgegengenommen, verabschiedet hatten, wurden wir wieder vierzig Mann in einen Wagen gestopft. Die Hoffnung auf einen Sanitätszug war zu Schanden geworden.

Es war Mitternacht, als sich der Zug in Bewegung setzte. Die unten Liegenden, darunter auch ich, hatten viel Kälte auszuhalten und oben war es heiß. Hier hatten wir schlechte Transportbegleiter, einmal gab er uns fünfundzwanzig Kopeken, einen Tag gar nichts und zweimal zehn Kopeken, davon sollten wir leben. Zum Glück hatten wir doch den Rubel von den Offizieren gespart, und den mussten wir nun zusetzen. Ich lernte einen jungen Sachsen, Einj. Rudolf Fleischer, kennen, der die Hand invalid hatte und für mich auch immer Brot und heißes Wasser zum Tee besorgte. Einmal bekamen wir statt Geld auch Essen, Suppe, Fleisch und Brot, das war so ein richtiges Festmahl. Aber das Essen holen, war ein Opfergang bei dieser horrenden Kälte.

Am 1. Dezember hielten wir und es hieß hier aussteigen. Die Fähigen mussten sich nun sammeln und ins Lager marschieren und wir auf Schlitten warten. Es war 9 Uhr abends, als die Schlitten, aus zwei Kufen, zwei Quer- und zwei Längsbalken und zwei Deichseln bestehend, kamen und wir sechs bis sieben Mann mit krummen, kurzen und gebrochenen Füßen auf einen Schlitten verladen wurden. Mehrere waren ohne Mäntel, die meisten hatten schlechte Kleider und leichte Wäsche und Rohrschuhe, dazu war es fürchterlich kalt. Der eine Schlitten hatte immer einen Kutscher und vom zweiten war das Pferd angehängt. Es war eine richtige, russische Schlittenpartie, wie sie in den Büchern geschildert werden. Über Schnee und Eis, durch Wälder und Wiesen, bergauf und bergab. Ein Schlitten mit sieben Mann kippte über eine Böschung und der Kutscher, der am ersten saß, bemerkte gar nichts und sauste weiter. Endlich wurde er durch lautes Geschrei aufmerksam gemacht, fuhr zurück, sagte „Nit schiwo (das macht nichts)", lud sie wieder auf und fuhr weiter. Wir waren ganz steif vor Kälte und nichts im Magen, nichts als ein Rudel Wölfe hätte uns noch gefehlt.

Unser sehnlichster Wunsch war, recht bald in ein warmes Lager zu kommen, aber es sollte uns wieder nicht zuteil werden. Die Fahrt dauerte wohl an eineinhalb Stunden und das ersehnte warme Quartier war eine mit Pritschen ausgestattete Wagenremise mit einer Anzahl an Toren, einem Blechdach und mit großen, holprigen Steinen gepflastert. Einige große schadhafte Blechöfen, die erst bei unserer Ankunft mit wenig Holz geheizt wurden, gaben keine Wärme, wohl aber fürchterlichen Qualm, der die Tränen aus den Augen trieb und im Hals furchtbar kratzte. An Schlaf war nicht zu denken, vor lauter Kälte und Läusen. Mit Gottes Hilfe kam endlich der Tag.

Unsere Lage wurde auch nicht günstiger, denn zu Essen gab es nichts und Wasser zum Tee zu holen, war ein Opfergang, denn die meisten waren überhaupt dazu unfähig und viele hatten keine Schuhe. Dazu war eine Kälte und ein Sturm, dass man glaubte, der jüngste Tag sei angebrochen. Ich musste austreten, der Boden voll Eis und Schnee und ich mit Krücken, da warf mich der Wind um, sodass ich mir bald nochmals das Bein gebrochen hätte. Mit meinen schrecklichen Schmerzen ließ ich mich dann von einigen Kameraden ins Spital führen, allein hätte ich nicht gekonnt, dort war ein österreichischer Arzt, er untersuchte mich und ich bekam Umschläge.

Unsere Kameraden, die dort ständig sind, verzichteten zu unseren Gunsten auf ihre Kasche, sodass wir doch wenigstens etwas hatten. Einige, die als Professionisten arbeiten und Geld verdienen, gaben uns obendrein einige Kopeken. Zwei Unteroffiziere gingen zum Kommandanten, um sich zu beklagen, dass wir auf der Fahrt von Beresowka bis hier ums Kostgeld betrogen worden waren und auch hier nichts zu essen, auch keine Kopeken bekämen. Sie wurden von Pontius zu Pilatus geschickt und dann sagte man ihnen, da müsste man sich erst in Beresowka erkundigen und das würde solange dauern, dass wir schon zuhause wären. Mit diesen Verheißungen konnten wir wieder gehen. Ich lag unterdessen mit den schrecklichen Schmerzen auf der Pritsche, wo mich die Läuse bearbeiteten und ich fürchterlich fror. Kameraden, die gut zu Fuß waren, suchten im Lager Bekannte auf und von diesen bekamen sie zu Essen und auch kleine Geldgeschenke. Bekümmert dachte nun jeder an die Nacht und es war tatsächlich wieder dasselbe. Läuse, die man sich nicht absuchen konnte, Kälte, die uns starr machte, dazu der Sturm, dass man wähnte, er trüge das Blechdach weg. Wie das donnerte!

Lebensgefährlich war es hinauszugehen. Ich musste mir immer zwei Kameraden mitnehmen, die mich zum Abort (Platz vor der Baracke) trugen, wo es meistens mit den Posten einen Auftritt gab. Am nächsten Morgen gab es fünf Kopeken für den ersten Tag und zu essen sollten wir auch etwas bekommen. Auch hieß es, schwedische Schwestern, die unseren ständig in Atschinsk weilenden Kameraden Decken und Wäsche brachten, würden auch uns besuchen.

Gerade als wir in der Baracke Gelenkübungen machten, um uns ein wenig zu erwärmen, kamen sie nun in Begleitung eines deutschen Hauptmannes und russischen Offizieren, die mit großen russischen Pelzen, Pelzstiefeln und Mützen ausgestattet waren. Wir standen alle, so gut es ging, stramm und harrten des Kommenden und vernahmen folgende Worte:

„Guten Tag! Hier ist es ja ganz schön warm! Wir haben Ihren Kameraden Geschenke gebracht, aber Sie bedürfen ja nichts mehr, weil Sie so bald zuhause sind. Sie fahren ja über Schweden! Bitte grüßen Sie Schweden!"

Nun wollten sie gerne einen Berliner sehen und als sich einer vorgestellt, so gingen sie mit einem „Guten Tag" ab.

Der deutsche Hauptmann versprach jedem von uns einen halben Rubel, den wir auch dann aus einer von Offizieren veranstalteten Sammlung bekamen. Vergelt's Gott! Nachdem schon fünfmal von einem jeden die fehlenden Kleidungsstücke aufgeschrieben worden waren, bekamen doch viele Mäntel, Wäsche und Rohrschuhe. Das war auch der Zweck, dass wir hier die Fahrt unterbrochen haben. Mein Fuß wurde durch die Umschläge besser, sodass doch die Schmerzen erträglich waren.

Endlich am 4. Dezember ging es von diesem schrecklichen Loch ab. Es war sehr kalt, aber die Sonne schien und der Sturm hatte sich gelegt, sodass die bevorstehende Schlittenpartie wohl annehmbar auszufallen schien. Nun ging es wieder durch das Lager und die Stadt zurück. Man sah an der Straße ein Gymnasium, Nähmaschinen Singer & Co., eine sibirische Bank usw., sonst war aber an der ganzen Stadt nichts. Von Weitem sahen wir schon einen Zug aus Viehwagen mit rotem Kreuz und der war auch für uns bestimmt. Da wir von der Krückenkompanie schneller fuhren, als die anderen gingen, so bekamen wir wenigstens oben Plätze und mit der Hoffnung, dass es jetzt endgültig nach der Heimat ginge, waren wir geduldig und zufrieden.

Nun ging es wieder zurück. Wir hatten jetzt einen Transportkommandanten, der ausnahmsweise ehrlich war und uns unsere Tagesgebühr von fünfundzwanzig Kopeken für vier Tage im Vorhinein auszahlte. Leider wurden viele durch die unmenschlichen Zustände in Atschinsk schwer krank und starben. Fast alle hatten Durchfall und dazu bei der Kälte ohne Abort. Nun ging's wieder über Tomsk, Omsk, Petropawlowsk, Kurgan, bei Tscheljabinsk über die asiatisch-europäische Grenze, viele wollen auch den Grenzstein gesehen haben. Weiter über Ufa, Samara, Rjäsan und am 17. Dezember kamen wir abends vor Moskau an.

Viele Kameraden hatten wir durch Krankheiten und Tod verloren, alle sehnten sich nach der Heimat, doch diese sollte ihnen nicht zuteil werden. Einige fielen auch aus dem fahrenden Zug und viele blieben zurück, wenn sie sich beim Broteinkauf zu lange aufhielten und der Zug davonfuhr. Was mit ihnen geschah, weiß ich nicht.

Einige Tage vor der Ankunft in Moskau hatte ich fürchterliche Schmerzen und meine Wunde, die nun schon seit September geheilt war, brach auf, alles voller Eiter. Mit einem alten Handtuch verband ich mich vorläufig und in einer Station wurde mir dann ein Verband angelegt. Unsere Begleiter sagten:

„Über Nacht bleiben wir hier stehen und dann geht's gleich nach Petersburg."

Aber es kam anders. Auf der Fahrt hatten wir schon von auf den Bahnhöfen arbeitenden Kameraden gehört, dass der Austausch seit 3. Dezember eingestellt war und so war es auch. Wir waren wieder um eine Enttäuschung reicher. Am Morgen des 18. Dezember wurden wir in Moskau aus- und auf die Straßenbahn geladen. So schwer es uns fiel wieder unterbrechen zu müssen, so sehr freuten wir uns, die Viehwagen verlassen zu können.

Bei großer Kälte und eineinhalbstündiger Fahrt, kamen wir mittags im Spital Nr. 17 an. Es war ein großer, fünfstöckiger Ziegelrohbau. In einem Kellerraum zogen wir uns aus, die Kleider wurden uns abgenommen, die Haare geschert, ohne Bad frische Wäsche angezogen und dann ging's in die Schlafzimmer. Ich wurde von einem Offizier zu einem Aufzug gewiesen und fuhr in den vierten Stock. Als ich ausstieg, stand ich auf einem schönen Bretterboden, wurde von einem Deutsch sprechenden Unteroffizier nach Namen und Nation gefragt und auf Zimmer Nr. 28 gewiesen. Dort waren schon meine Kameraden, lauter Deutsch-Österreicher auf ihren Betten ausgestreckt.

Das konnten wir gar nicht fassen, dass es für uns auch noch so was geben konnte. Schönes, helles Zimmer, Bretterboden, Zentralheizung, elektrisches Licht, eiserne Bettstellen mit Strohsack, Polster, Leintuch und Decke, alles schön sauber. Wir wähnten uns im Paradies, legten uns hin und schliefen, trotz des Hungers. Auf einmal wurde es lebendig und es hieß kuschad (essen). Jeder Einzelne bekam eine emaillierte Schüssel mit Nudelsuppe und einem Stück Fleisch, auch Kasche und Brot. Nun wurde eine Waschgelegenheit ausfindig gemacht, benützt und dann wieder unter die Decke gelegt.

Neben uns war ein Zimmer mit Reichsdeutschen, welche auch zu unserem Arzt gehörten. Nun kam ein Deutsch sprechender Schreiber und nahm unsere Nationale ab, auch nette Schwestern und ein feiner Arzt, der gut Deutsch sprach, das tat wohl. Am nächsten Tag wurden wir alle genau untersucht. Viele wurden jetzt ernstlich krank, die Folge der vielen unmenschlichen Strapazen und des Hungerleidens, Fieber hatten fast alle. Auch Typhusfälle zeigten sich, dem aber doch zum Glück bald Halt geboten wurde. Ach Gott, nur nicht jetzt krank werden, vielleicht gäbe es doch bald ein Wiedersehen in der Heimat.

So vergingen die Tage, unsere Schwester Mathilde war sogar so nett und brachte uns einige Bücher, das war ein Genuss, nach so langer Zeit des Entbehrens aus Engelhorns Bibliothek wieder was zum Lesen. Das Essen war hier gut. Morgens eine Semmel, drei Stück Zucker und Tee, mittags Schwarzbrot (ziemlich feucht), Suppe und Nudeln, Graupen und Kraut, ein kleines Stück Fleisch und Kasche, zur Jause Tee und abends wieder solche Suppe wie mittags mit einem winzigen Stück Fleisch, wir waren glücklich. Aber zweimal in der Woche (Dienstag und Freitag), gab es mittags und abends ungenießbare Fischsuppe (Augen, Gedärme), einmal wurden sogar ein Frosch und ein Blutegel gefunden. Kleine fingerlange Fischlein guckten uns so treuherzig an, als wollten sie sagen: „Franzl! Willst du uns wirklich aufessen?" Wenn die Suppe am Gang, wo der Tisch mit den Schüsseln stand, gebracht wurde und es wurde der Deckel gehoben, so verbreitete sich ein bestialischer Gestank. Wenn zufällig der Arzt und die Schwester vorbeigingen, so hielten sie sich die Nase zu und lachten und wir hätten so etwas essen sollen! Weil doch die anderen Tage das Essen gut war, so konnte man die beiden Tage schließlich verschmerzen.

Am 22. Dezember, welche Freude! Zwei amerikanische Schwestern besuchten uns, brachten den Reichsdeutschen pro Mann fünf Rubel, den Österreichern drei Rubel und Grüße vom Vaterland. Auch versprachen sie am Weihnachtstag zu kommen und mit uns das Fest zu feiern. So wie wir uns als Jungen auf das Christkind freuten, so glänzten auch jetzt unsere Augen vor Freude und Rührung. Nachdem sie uns viele gute Trostworte gespendet, beantworteten sie unsere Fragen über die Kriegslage ausweichend, wie es ihnen eben die Neutralität vorschrieb. Als sie uns verließen, wurde von uns Programm gemacht, wie man das Geld am zweckmäßigsten anwenden sollte. Weihnachten wollten wir ja auch feiern.

Im Auftrage der Kameraden fragte ich Schwester Mathilde, ob wir uns nicht einen Tannenbaum, Weißbrot, Zucker und Zigaretten kaufen dürften. Als sie wiederkam, brachte sie von dem Arzt den Bescheid, dass wir uns wohl alles andere kaufen dürften, nur keinen Weihnachtsbaum. Ein Grund wurde uns nicht gesagt, wahrscheinlich, damit wir wussten, dass wir Gefangene waren. Am Christtag abends kamen die beiden amerikanischen Schwestern mit einem evangelischen Pastor und sechs Damen der deutschen Kolonie in Moskau. Wir versammelten uns am Korridor. Hier wurde das „Stille Nacht" und „Oh, du fröhliche, oh du selige" gesungen. Der Pastor hielt eine Weihnachtsrede und ich kann es nicht verheimlichen, dass wir, die wir schon so viel hinter uns hatten, wie Kinder geweint haben. Gerade an solchen Festen, besonders Weihnachten, wo man doch sonst nie versäumte, bei seinen Lieben zu sein, war man nun schon zum zweiten Mal weggerissen, dazu so weit und unter solchen Umständen.

Auf Aufforderung der amerikanischen Schwestern gingen wir in die Zimmer und dort fand dann die Bescherung statt. Ein jeder bekam durch die sechs Damen, die kein Wort auf uns reden durften, von der deutschen Kolonie einen Beutel folgenden Inhalts: ein Taschentuch, eine Zigarre, ein Päckchen Zigaretten, Streichhölzer, Seife, eine Hand voll Nüsse und Bonbons, also wir kamen aus der Aufregung gar nicht heraus.

Ich schrieb sehr oft nachhause und den Kameraden nach Sibirien und oft spielten wir Schach, dass die Zeit verging. Täglich musste ich zum Verbinden gehen und dort lernte ich einen Kameraden kennen, der einen Schuss in den Bauch hatte, sodass die Blase gerissen war, er hatte furchtbare Schmerzen. Es war ein österreichischer freiwilliger Arzt vom Roten Kreuz, Dr. Rudolf Straßer aus Schwaz in Tirol, der in einem Feldspital gearbeitet hatte und als dasselbe von den Russen beschossen wurde, erhielt er diese Verwundung. Er war schon in mehreren Spitälern und weil sich die Russen nicht zu helfen wussten, sollte er ausgetauscht werden. Leider erlag der hoffnungsvolle, 26-jährige, bei allen beliebte Kamerad, ein echter Tiroler, später seiner schrecklichen Verwundung.

Im Spital Nr. 17 verlebten wir auch das Neujahr. Der russische Winter konnte uns nichts anhaben und so mussten wir schon mit unserem Los zufrieden sein. Gerüchte betreffs des Nachhausefahrens verschwanden wieder so schnell als sie aufgetaucht waren.

So kam der 18. Jänner 1916 und es hieß von hier weg, weil das Spital geräumt und geputzt würde. In dem Keller, wo wir uns vor einem Monat ausgezogen hatten, saßen wir nun wieder. Aus meinem Sack fehlten die Oberhose und die Bluse, dafür bekam ich eine zweite Unterhose und ein Hemd mehr. Einen Mantel hatte ich auch. So ging 's am 18. Jänner, elf Uhr nachts bei 35° Kälte, Eis und Schnee zur Straßenbahn. Junge Soldaten führten uns Lahme. In der Straßenbahn wurde man ganz steif vor Kälte. Zu bemerken ist, dass in Kiew und Moskau eine schöne Straßenbahn ist, so ähnlich wie unsere, neue Typen, auch Schaffnerinnen. Der Fahrer kann bei Ausübung seines Dienstes sitzen. Nach beiläufig eineinhalbstündiger Fahrt hielten wir am Ende der Stadt. An einem Park entlang mussten wir mit den Krücken eine halbe Stunde im Schnee gehen und landeten in einer Baracke, die schön, aber sehr kalt war. Nun legte man sich schnell hin und deckte sich zu, so war es auszuhalten.

Eine alte Frau (Schwester) bemühte sich recht und kommandierte mit den Wärtern. Weil aber das Spital von der Front kam, von wo man vor den Deutschen flüchtete, so war noch alles in Unordnung, nach und nach ging es. Hier wurde alles zum Transport nach der Heimat fertig gestellt. Tag und Nacht wurde geschrieben und uns wurde versprochen, dass es jetzt nachhause ginge. Am 24., als die Schwestern abends weggingen, grüßten sie uns und wünschten uns angenehme Fahrt nachhause; als wir aber am nächsten Tag mit der Straßenbahn nach langer Fahrt hielten, war es kein Bahnhof, sondern ein Spital Nr. 41, also wieder die Enttäuschung.

Was aber alle gleich erfreute, war, dass bei der Aufnahme eine junge Schwester war, die ziemlich gut Deutsch sprach und auch für jeden ein gutes Wort hatte. Auch ein alter Zivilarzt, der sehr gut Deutsch sprach, befasste sich viel mit uns. Die Kranken und die Fußinvaliden wurden ebenerdig, die anderen im ersten Stock einquartiert. Das Haus war in Friedenszeiten ein fragliches Hotel und der Besitzer ein ehemaliger Österreicher aus Kroatien, der als Kellner hierhergekommen war, russischer Staatsbürger wurde und jetzt sein ehemaliges Vaterland in den Kot zerrte. Aus ihm war ein fanatischer Russe geworden. Wir wichen ihm aus und so konnte er uns nichts anhaben. Der schon erwähnte Doktor und die Schwester, Studentin Natalie Solowioff, eine Doktorentochter aus dem Kaukasus, opferten sich richtig für die Kranken, besonders für unseren Tiroler Arzt Dr. Straßer, der auch am schwersten krank war, auf.

Es waren noch ein Arzt und einige Schwestern (nur russische), welche uns wohl nichts Gutes, aber auch nichts

Böses taten, so auch die Wärter. Das Essen war nicht gut und Doktor und Schwester sagten, sie könnten nichts anderes geben, so Leid es ihnen auch tue, weil sie zu wenig Mittel zur Verfügung hätten. Hier war alle Unterhaltung (nur nachts das Rauchen nicht) erlaubt. Es wurde Karten gespielt, auch Schach, gesungen und Theater aufgeführt, meistens aber Kriegspolitik betrieben.

Im ersten Stock gab es ein Zimmer, in dem sich die Wiener, Berliner und Hamburger Typen (die hatten nämlich immer Recht) zusammenfanden, es wurde scherzweise das Anarchistenzimmer genannt. Die Wände waren mit Kriegsbildern behängt, auf denen natürlich immer die Russen und ihre Verbündeten Sieger waren, z. B. war da ein Bild, auf dem sich sechs österreichische Infanteristen einem Kosaken ergaben. Auch gab es Bilder sämtlicher Regenten, Kaiser Wilhelm waren überall die Augen ausgestochen. Auch eine große Kriegskarte war hier, die ebenfalls immer zum Zeitvertreib studiert wurde. Ein trauriger Umstand war, dass wir recht oft an die Lieben in der Heimat schrieben, leider keine Antwort und auch kein Geld bekamen. Da war wohl das viele Übersiedeln Schuld. Einige, die Geld hatten, kauften von den anderen das Weißbrot und die kauften sich dafür Machorka (Tabak).

Die amerikanischen Schwestern, die uns wieder besuchten, baten mehrere um ein Darlehen vom Konsulat. Sie schrieben unsere Militär- und Ziviladresse auf und als sie nach einigen Tagen wiederkamen, sagten sie, der Herr Konsul hätte gesagt, die Krieg führenden Staaten seien finanziell ganz ruiniert, sodass ihnen kein Mensch mehr etwas borgen könne. In vielen Fällen hat das Konsulat für Bedürftige sehr viel Gutes getan, bei uns hieß es, sie fahren so bald nachhause. Einige Schwerkranke starben und Dr. Straßer wurde in ein anderes Spital überführt, wo er auch später einer leider zu spät vorgenommenen Operation in Kursk erlag. Unser Spital wurde aufgelöst, übersiedelte an die Front und wir, hieß es, führen nachhause. Erst am letzten Tag, am 4. März, sagte uns Schwester Natalie, dass wir nach Orel fahren würden, dort einige Tage bleiben sollten und dann ginge es in die Heimat.

Mit Wagen fuhren wir zur Straßenbahn, vorbei an einem großen Flugplatz, den wir auch von unseren Fenstern übersehen konnten. Wir hatten hier im Moskauer Villenviertel gewohnt. Eine Menge Schlitten und Reiter sausten an uns vorüber. Die Straße hieß Petrograderstraße. Es dauerte lange, bis wir fuhren und so hatten die Moskauer Nichtstuer Gelegenheit, uns, ihre geliebten Germansky und Austricky zu begaffen. Eine kurze Fahrt und wir waren am Bahnhof. Ich verließ zum zweiten Mal Moskau. Eine Überraschung bot sich uns, als wir nicht, wie wir es schon gewohnt, in Viehwagen, sondern in schönen Sanitätszügen untergebracht wurden. Der Apotheker des Zuges, ein Lehrer aus dem Kurland, unterhielt sich stets mit uns und auch die Wärter waren nicht übel. Das Lager war gut, das Essen den Verhältnissen entsprechend gut, aber wenig. Am 4. März nachmittags fuhren wir ab und am 6. in der Früh kamen wir in Orel an. Nachdem wir uns von unserem Gesellschafter, der uns die russischen Verhältnisse klar genug geschildert und auch erzählt hatte, dass sein Vater, ein Gutsverwalter, mit der deutschen Herrschaft recht zufrieden sei, verabschiedet hatten, stiegen wir aus.

Auf bereitstehenden Schlitten wurden wir wieder verladen und so ging es durch eine mit Schnee und Schmutz bedeckte Stadt. Als Begleiter fuhr ein junger Soldat aus

Riga mit uns. Er sprach deutsch und sagte uns gleich, dass es hier in den Spitälern schlecht sei. Das war wieder ein schöner Trost. Nun hielten wir vor einem Eckhaus mit einer Fahne mit rotem Kreuz. Über die Stiegen ging es in den ersten Stock. Die Schwestern gafften uns an, ohne uns über die schlechten Stiegen zu helfen. Das war schon der erste schlechte Eindruck.

Als wir in einem Vorhaus lange gewartet, kamen wir endlich dran, unsere Monturen abzugeben. Nun ging 's auf die Zimmer. Feuchte, kahle Mauern. Es war ein Hotel!!! Die hier Dienst tuende Sanitätsmannschaft (österreichische Serben) sagte uns gleich, dass hier sehr viel Disziplin und schlechtes Essen sei und so war es auch. Es ist nicht zu glauben, dass man so etwas überhaupt kochen kann. Heißes Wasser mit Krautblättern, so wie die Kühewarmfütterung unserer Bauern, oder Fischsuppe aus stinkigen Fischen mit Augen, Gräten und Flossen. Nach einer Beschwerde an einen General, gab es dann statt Fischsuppe Pilzsuppe aus gefaulten, wurmigen Pilzen. Als man die Schwester auf die Würmer aufmerksam machte, sagte sie: „Das ist als Ersatz für Fleisch!" Viermal gab es in der Woche ein Stückchen Fleisch, wenn sich aber einer etwas zu Schulden kommen ließ, z. B. Löffel oder Spuckschale zerbrach, gab es eine ganze Woche für alle kein Fleisch. Kasche gab es genug, aber größtenteils durch schlechtes Lagern muffig. Das Brot war genug, aber so schwarz und feucht, dass es sich eher zur Erzeugung von Schachfiguren als zum Essen eignete. Morgens gab es Tee, zwei Stück Zucker, oft auch eine winzige Tüte Kristallzucker und eine Semmel. Wenn sich ein Kamerad gegen die Verordnung verging, z. B. im Zimmer rauchte, mit den gebrochenen Füßen und Krücken nicht stramm „Habt Acht!" stand, wenn der Arzt kam, so bekam er drei bis sieben Tage keine Semmel, kein Fleisch, keine Kasche, nur stinkige Hafersuppe mit Schwarzbrot.

Wir gaben den so Gemaßregelten natürlich einen Teil von unserem Essen ab, als es aber bemerkt wurde, wurde ein Arrest hergerichtet und die Übeltäter, ohne Rücksicht auf ihre Invalidität, hineingesteckt und bewacht, sodass jeder Annäherungsversuch ausgeschlossen war. Mit gebrochenen und amputierten Füßen mussten sie auf einer Holzpritsche liegen. Unser Arzt Dr. Holospaschka aus Odessa, ein Tyrann, der ziemlich gut Deutsch sprach, aber ein großer Deutschenfresser war, machte uns das Leben zur Hölle.

Einige Beispiele: Ein 41-jähriger ungarischer Jude, ein intelligenter Kaufmann, hatte durch einen Armschuss die rechte Hand invalid, besonders zwei Finger waren ganz eingebogen und unmöglich in eine gerade Haltung zu bringen. Der Arzt wollte sich ein Verdienst erwerben und den schon bei einer Generalkommission Anerkannten gesund machen. Drei Mann hielten den Unglücklichen, der Arzt und ein Feldscheer legten ihm die Hand auf ein Brett und zogen sie mit der Binde fest, so ähnlich wie Fuhrleute eine Fuhre Holz, sodass die Binde riss. Trotzdem wurde es nochmals wiederholt. Nun lag der Mann, namens Herr Alt, auf dem Bett, die Hand wurde ganz blau und er stöhnte und krümmte sich vor Schmerzen. Eine Unterhaltung mit uns verhinderte der Posten. Eine Schwester, die aus einem anderen Spital kam und wohl ein bisschen menschlicher war, holte aus ihrem Spital einen Arzt und der schnitt dann die Fesseln auf. Als am Abend unser Arzt (wir sagten immer Schlächter) wieder kam und das bemerkte, war er außer sich vor Wut und wollte diese Tortur wieder vornehmen. Herr Alt warf aber einige Wärter von sich und sagte dem Arzt, er soll ihn ins Lager schicken, aber nicht martern, sonst geschähe ein Unglück. Man ließ ihn dann, aber es gab Strafkost (Avschanka). Herr Alt, bekam auf diese Weise zwölf Tage Hafersuppe.

Ein zweiter Fall: Der 30-jährige Johann Kirchmayr vom 2. Landwehr-Infantrie-Regiment, in der Nähe von Linz zuhause, hatte die Schulter zerschmettert und konnte die Hand nicht gebrauchen, er wurde von der Kommission in Sibirien anerkannt. Auf der Fahrt von Sibirien bekam er einen schlechten Fuß. In Moskau wurde der Fuß öfter geschnitten und behandelt und in Orel konnte er schon mit einer Krücke gehen, nur strecken konnte er den Fuß nicht. Er bat, man möchte auch hier seinen Fuß behandeln, so sagte der Arzt, der Fuß kann so bleiben, aber der Arm muss gut werden. Täglich wurde er von einem Feldscheer massiert, welcher sagte, dass nichts zu machen sei. Der Arzt wollte aber seine Meinung behaupten und ließ sich täglich den Arm zeigen, wobei er versuchte mit dem Arm alle möglichen Bewegungen zu machen, was ihm aber nur zum Teil gelang. Der Arme hatte fürchterliche Schmerzen und wurde doch immer als Simulant erklärt. Das ging wochenlang so.

Unser Kamerad Kirchmayr, der wohl schon von Haus aus tiefsinnig war, setzte sich die Sache in den Kopf, dass er vielleicht nicht ausgetauscht würde und wurde ernstlich krank, ohne dass ihm Hilfe zuteil wurde, weil man ihn als Schwindler bezeichnete. Er sprach nur unverständliches Zeug und verweigerte das Essen. Auf mein Bitten bei der Schwester bekam er Milch und Grießgrütze, auch das aß er nicht. Die Schwester versuchte es einmal, da warf er ihr die Grütze ins Gesicht, sie lief weg und bekümmerte sich nicht mehr; nun gaben wir ihm und wir brachten ihm auch manches Mal nur mit Gewalt etwas in den Mund.

Nun kam ein anderer Arzt, der zu ebener Erde arbeitete und immer betrunken war und ein Oberarzt, das Ebenbild des Hauptmannes von Köpenick, von uns auch so genannt. Sie kamen zu keinem Resultat. Damit wir ihm nichts geben konnten, kam er von hier weg und wurde in ein so genanntes Isolierzimmer gebracht, wo uns der Eintritt verboten war. Trotzdem wagte ich es und wurde auch einige Male erwischt und hinausgeworfen. Da er nun gar nichts aß, ich aber wusste, dass er ein großer Kaffeefreund war, so wollten wir von seinem bisschen Geld Kaffee und Äpfel kaufen. Die Schwester musste erst den Arzt fragen, das dauerte zwei Tage. Der Arzt sagte, das dürfe nicht sein, er werde ihm schon etwas verschreiben, das dauerte auch wieder zwei Tage, und so ist unser Kirchmayr richtig verhungert. Am 17. April 1916 starb er.

Ein ungarischer Kamerad mit invaliden Fuß, lag immer im Bett, ihm war das Futter zu schwer, er hatte stets Bauchkrämpfe, eine Art Kolik. Eines Abends wurde die Sache recht bedenklich. Er fing vor Schmerz zu brüllen an und der Bauch war stark aufgebläht. Man rief die Schwester. Aus einem Kästchen, in dem sich zehn Fläschchen mit gleichfarbiger Flüssigkeit und auch solche Pulver befanden, entnahm sie Letzteres und reichte es dem Kranken. Es half aber nichts und die Situation wurde sehr kritisch. Auf unsere Bitten ließ die Schwester aus einem anderen Spital einen Arzt holen, aber der kam nicht. Unterdessen kam der Liebhaber der Schwester (ein Feldscheer), mit dem ging sie in ihr Zimmer und niemand kümmerte sich mehr um den Kranken, außer uns, und wir hatten keine Mittel zur Verfügung. Viele umstanden das Bett und überwanden das Weinen. Am Vormittag, bevor unser Arzt kam, hatte er ausgerungen. Ein warmer Umschlag hätte vielleicht geholfen.

Wie es in dem Schwesternzimmer zuging und wie sich die Schwestern in diesem Spital Nr. 56 benahmen, war ein Skandal. Die Türe war immer von Ärzten und Feldscheern belagert wie beim Anstellen. Nachts, wenn die Schwestern Dienst hatten, das war ein Kommen und Gehen und ein sich Unterhalten, die Kranken ließ man verschmachten. Schlecht war es ja für alle, aber wehe dem, der zusätzlich zu seiner Verletzung krank wurde, der war verloren. Verbinden, das verstand man hier wohl, aber von Medizin schien unser Arzt keinen Dunst gehabt zu haben.

Hier passte alles zusammen, vom Oberarzt (Köpenick) bis zum letzten Wärter und Herr Alt (der schon früher erwähnte Gemarterte) sagte immer: „Die Herzen haben sich gefunden." Eine Ausnahme hierin machte ein junger, Deutsch sprechender Feldschecr, der uns auch über die Kriegslage öfters berichtete.

Nun über die Stadt: dieselbe ist eine Gouvernementstadt und hatte im Frieden 80 000 Einwohner und auch eine Garnison. Wir konnten auch jetzt immer die Soldaten ins Feld marschieren sehen, vom ersten Stock aus, es war uns aber verboten hinauszusehen und ebenerdig waren die Fenster zugenagelt und bestrichen. Vor unseren Fenstern war ein schmutziger Markt und da konnte man dem russischen Handel zusehen. Meistens sah man Brot- und Fischstände, alte Kleider und Geschirr, die bei uns der Hadernsammler wegschafft. Auch standen hier sehr viele schmutzige, versoffene Kutscher mit ihren struppigen Pferdchen und primitiven Wagen, eine Verdienstgelegenheit abwartend. Auch gab es eine richtige Provinzstraßenbahn, bei der man rückwärts am Puffer noch eine Leiter anhängen konnte, man sich selbst einen Fahrschein bei einer nach ihrem Geschmack gekleideten, schmutzigen

Schaffnerin löste. Fahren taten sie schnell, da aber keine elektrische Bremse da war, konnte man oft bemerken, dass ein Wagen mit Fischfässern, Mehl u. dgl. niedergestoßen wurde. Meistens sah man hier in den schlechten Straßen mit unregelmäßigen Häusern, arme Leute in schmutzigen Kleidern träge umherschleichen und nur sonntags bot sich ein anderes Bild, in Form von besser bekleidetem Publikum und noblen Karossen und Autos.

Eine Sitte sei noch erwähnt. Am Ostermorgen küsste man sich hier, ohne Unterschied auf der Straße und auch einige österreichische Soldaten (Tschechen), die hier bei einem Bäcker als Kutscher fuhren, taten ebenfalls mit und küssten den vor unseren Fenstern Dienst tuenden Schutzmann, so gut standen sie sich mit ihren Brüdern!!! Wie es unsere Feinde in den Zeitungen schreiben, so erzählte man auch uns immer von der Vernichtung Österreichs und seiner Verbündeten, von Hungersnot, vom Tode Kaiser Franz Josefs und Wilhelms usw. In einem anderen Spital haben gefangene Juden zu ihren Feiertagen Zettel mit Beschwerden über die schlechte Behandlung bei den Fenstern, hinausgeworfen. Diese wurden an eine kompetente Stelle weitergeleitet und dann auch Oberarzt und Ärzte mit vierzehn Tagen Hausarrest bestraft.

Unterdessen hieß es immer Transport und endlich am 20. Mai um Mitternacht wurden alle Reichsdeutschen geweckt und es sollte abgehen, wir in drei Tagen. Nachdem man uns alles an Papier abgenommen hatte, ging es mit der Straßenbahn zur Bahn und uns ließ man zurück. Die Deutschen hatten also den Vorzug. Würden wir auch in drei Tagen an die Reihe kommen? Mit den Deutschen war auch alle Zerstreuung ausgezogen. Es vergingen drei, fünf und zehn Tage und bei uns rührte sich nichts, jetzt wurden Gerüchte laut, dass nur zwischen Deutschen und

Russen ein Austausch stattfände und wir Österreicher hier bleiben müssten. Das war eine Enttäuschung!

Endlich, am 7. Juni, sagte die Schwester, dass morgen der Transport ginge, das war eine Freude. Tatsächlich wurde am nächsten Tag dazu gerüstet und nachdem wir einige Male visitiert waren, ging es mit der Straßenbahn zum Bahnhof. Endlich von dieser Gesellschaft erlöst, das war ein Aufatmen! Würde es jetzt wirklich in die Heimat gehen oder sollte man wieder enttäuscht werden? Hier konnte man erst etwas glauben, wenn es schon vorbei war. Wir wurden wieder in Personenwagen, die mit Strohsäcken und Decken ausgestattet waren, einwagoniert. Von unseren Fenstern aus konnten wir die Stadt mit ihren vielen Türmen im Baumschmuck gut übersehen und machte sie auch einen schönen Eindruck, hatten wir doch in ihr solch schlechte Wochen verlebt.

Also am 8. Juni abends ging 's ab über Tula nach Moskau und am 10. vormittags kamen wir an. Als wir auswagoniert wurden und zur Straßenbahn, vorüber an einer Kavalleriekaserne gingen, standen hier eine Menge Soldaten und freuten sich wieder, Gefangene zu sehen, weil sie glaubten, wir seien von der großen Junioffensive. Als wir ihnen aber sagten, dass wir in Sibirien waren und schon vor zehn bis zwanzig Monaten gefangen genommen wurden, machten sie enttäuschte Gesichter.

Wir fuhren wohl zwei Stunden mit der Straßenbahn und viele behaupteten, dass wir einige Male über dieselben Straßen und Plätze fuhren. Es war gerade Mittagszeit und da machte man mit uns Propaganda, sodass wir von den Leuten recht begafft werden konnten. Es gibt sehr schöne Plätze und Straßen in Moskau und auch die Straßenbahn ist sehr schön und viel benützt. Endlich machten wir Halt und mussten noch eine halbe Stunde auf schlechtem Pflaster gehen und kamen nun todmüde im Spital Nr. 12 an. Stundenlang mussten wir im Hof sitzen, denn es war noch vieles zu tun, bevor wir einziehen konnten.

Abend war es schon, als die mit den Krücken an der Reihe waren und die anderen mussten bis in die Nacht hinein warten. Es war eine Schule, schöne Zimmer mit viel Wanzen. Das Essen war schlecht, meistens Fischsuppe. Hier wurden unsere Papiere wieder geordnet, wie jeder nochmals untersucht. Gerade zu Pfingsten bekamen wir Besuch von zwei amerikanischen Schwestern, welche jedem zwei Rubel vom Vaterland übergaben, das sollte unser Reisegeld sein. Die eine, die ich schon kannte, fragte ich auch, was mit unserem Tiroler Arzt Dr. Straßer sei, nun sprach sie mit ihrer Kollegin einige englische Worte. Ich bemerkte, dass sie mir nichts sagen wollte, und bat nochmals, so sagte sie und auch der russische, sprachkundige Begleitoffizier, dass er einer Operation erlegen sei. Also der Arme sollte die Heimat nicht wiedersehen.

Am 19. Juni ging es auch von hier ab. Stundenlang standen wir im Hof und es wurde gezählt und wieder gezählt, bis in die Nacht hinein. Ein Glück, dass es nicht kalt war. Auf einmal wurde es lebendig und in Viererreihen ging es zur Straßenbahn. Es war elf Uhr nachts und totenstill auf unserem Wege. Als wir bei der Straßenbahn warten mussten, kam eine größere Menge Neugieriger, welche sich übrigens, mit einigen Ausnahmen anständig benahmen, viele weinten und wünschten uns ein freudiges Wiedersehen in der Heimat. Nachdem der Wagen voll gestopft worden war, ging es denselben Weg, den wir vor neun Tagen gekommen waren, zurück. Wir hielten dann auf einer belebten Straße, stiegen aus und setzten uns am Randstein nieder, da wir sehr lange warten mussten.

Danach gingen wir durch eine finstere Gasse und kamen zum Spital Nr. 10, wo man uns hineintrieb. Im Hofe standen wir und eine nette Schwester sagte, das sei hier in Moskau die letzte Station.

Unterdessen war ich auch schon verlesen, in einem Keller zogen wir uns aus und dann ging es auf die Zimmer. Große Gewölbe mit wenigen Fenstern, dicht gedrängte Betten und viele Wanzen, aber wir waren zufrieden, sollte es doch bald ein Ende haben. Am anderen Tag gab es verhältnismäßig gutes Essen und danach hieß es wieder anziehen und gehen. Das war ein Hallo! Mit uns sollten auch mehrere Offiziere, darunter ein General, ausgetauscht werden. Von Mittag bis zum Abend standen wir am Hof und Hauseinfahrt und warteten. Endlich, als es Abend wurde, ging es zur Straßenbahn und mit ihr zum Bahnhof, es war am 20. Dass es doch endlich nachhause ging, sah man an den schönen Sanitätszügen und dem guten Essen. Die Fahrt dauerte zwei Tage und drei Nächte und wir kamen am 23. morgens in Petrograd an.

Wir stiegen aus und wurden in eine schöne, dazu bestimmte Halle geführt. An langen Tischen mussten sich je zehn Mann setzen und die meisten glaubten, jetzt gäbe es wohl zu essen, aber es kam anders. Keiner durfte sich von seinem Platz rühren und musste alles Hab und Gut herauskramen und vor sich auf den Tisch legen. Nun kamen Gendarmen und nahmen alles, Fotografien, Briefe und Karten von der Heimat, trotz der Zensurzeichen, auch unbeschriebene Karten, Bleistift und dergl. weg. Diese Arbeit nahm einige Stunden in Anspruch, dann wurden wir wieder verlesen und stiegen in die Straßenbahn ein, wo die Vorhänge geschlossen waren. Trotzdem wagten einige hinauszuspähen, um Petersburg zu sehen. Was uns nur noch selten passierte, kam hier in der Hauptstadt des Zarenreiches wieder vor. Nicht nur Jungens, sondern auch besser bekleidete Damen zeigten uns die Zungen und machten eine lange Nase. Hielt der Wagen einmal still, kamen sie und riefen bei den Fenstern Schimpfwörter, meistens Germansky und Austricky Barbar. Aus einem Spitalsfenster schaute unter russischen Soldaten auch eine Schwester vom Roten Kreuz und zeigte uns eine Hand voll Zigarren und lachte spöttisch und vieles andere. So schlecht hat sich die Bevölkerung sonst nirgends benommen.

Wir fuhren wohl drei Stunden lang und viele behaupteten, dass wir über eine Brücke schon dreimal passiert hätten. Endlich hielten wir und stiegen aus, es war am Ende der Stadt. Auf einem Platz vor einem großen, neuen Haus, es war das Spital Nr. 118, stellten wir uns auf und wurden verlesen. Einer nach dem anderen gingen wir ins Haus, in einer kleinen Kammer mussten wir uns ausziehen und dann ging es in das so genannte Badezimmer, wo man sich ein bisschen abtropfen lassen konnte. Vom Bad ging es abermals in ein Zimmer, wo sich einige Gendarmen und Soldaten befanden und hier wurde wieder visitiert. Alles, was man noch am Bahnhof hatte retten können, ein Stück Papier, Bleistift, Messer, Löffel wurde unbarmherzig weggenommen, einige Silbermünzen, die mancher hatte, wurden in Papiergeld umgewechselt. Den Offizieren nahm man einen größeren Geldbetrag ab und den Mannschaften, die noch eine Uhr hatten, auch. Ersteren gab man alles später wieder zurück, Letzteren nicht mehr. Also vollkommen beraubt ging es auf die Schlafzimmer.

Die Zimmer waren schön, mit ziemlich reinen Betten und bestrichenen Fenstern, sodass man nicht hinaussehen konnte. Bissige, brutale Wärter (Soldaten) machten hier

Dienst. Man durfte nicht auf ein anderes Zimmer gehen, nicht am Bett sitzen, nicht singen und laut sprechen oder gar im Zimmer rauchen. Das Essen war nicht gerade schlecht, aber sehr wenig und auch wer einige Kopeken hatte, dem wurde es unmöglich gemacht, sich Brot dafür zu kaufen. Hier gab es nochmals eine Kommission.

Zu diesem Zwecke kam ein junger Arzt und untersuchte jeden genau. Das waren die Vorarbeiten und keiner wusste, ob sie zu seinem Vor- oder Nachteil ausfielen, so neugierig alle, besonders die Leichtinvaliden waren. Am nächsten Tag sollte nun die entscheidende letzte Kommission stattfinden. Die Schwester sagte uns, da sollen wir gut aufpassen, wessen Name blau geschrieben würde, der sei anerkannt und führe nachhause, die anderen blieben hier. Endlich kommen die Gefürchteten.

Mehrere hohe Offiziere und Ärzte. Einer sah jeden Einzelnen oberflächlich an und wechselte mit seinem Begleiter einige Worte und zwei schrieben, eben blau oder rot, das waren für viele fürchterliche Augenblicke. Nun gab es Meinungsverschiedenheiten. Der eine hatte bei einem Amputierten den Namen in Rot schreiben sehen usw. Nach bangem Warten wurde endlich am Nachmittag das Urteil verkündet. Wie ein Todesurteil traf es viele Leichtinvaliden, wurde ihnen doch die Hoffnung, ihre liebe Heimat nach so schwerer Zeit zu sehen, geraubt und sollte nun dieses Leben der Entsagung und des Entbehrens noch länger dauern.

Einen Tag vor unserer Abreise gingen die Verurteilten ab, in ein anderes Spital, wo sie nochmals genau untersucht wurden und da haben auch noch manche das Glück anerkannt zu werden und fahren mit dem nächsten Transport nachhause. Die meisten aber müssen auf die Erlösung, die schon beinahe erreicht war, verzichten.

Am 27. Juni mittags mussten wir uns alle nackt ausziehen. Nur mit dem Taschentuch, wenn man eines hatte, Geld und Tabak in der Hand musste einer nach dem andern ein Tischchen passieren, an dem ein Gendarm stand. Hier musste man seine Habe hinlegen, welche genau untersucht wurde. Trotz der oftmaligen Untersuchung hatten noch viele Messer, Bleistifte und Papierstücke mit Adressen. Das wurde hier weggenommen. Krücken und Stöcke wurden zerhackt und dort fanden sich öfters eingebohrte Briefe. Sogar in der Achselhöhle, im Munde oder Vollbart waren Sachen versteckt. In einem anderen Zimmer zog man sich an und bekam ganz fremde Kleider, die wohl durch Heißluft desinfiziert, aber blutig und kotig waren. Durch den Kleideraustausch gingen auch die in dieselben eingenähten Briefe verloren. Viele, darunter auch ich, bekamen schwere russische Panistiefel, spielzeugartig verfertigte Kappen und hadrige Kleider, wir sahen aus wie im Karneval, aber das alles war uns egal, hatten wir doch die Hoffnung, in einigen Tagen frei zu sein.

Nun ging es in den Hof, dort mussten wir lange warten, bekamen nochmals zu essen und dann ging es auf die Straße zur wartenden Straßenbahn. Es hatte sich eine Menge Menschen angesammelt. Wir stiegen in mit Vorhängen versehene Wagen und dann setzte sich der Zug in Bewegung. Schmucke, strenge Gendarmen begleiteten uns, da man dort den Soldaten nicht traute. Nach langer Fahrt durch die Petersburger Straßen, wo uns wieder die Bevölkerung verspottete und auslachte, wir kümmerten uns übrigens gar nicht darum, in unseren Herzen hatten sich schon andere Gefühle Platz verschafft, ja wir freuten uns sogar, dass wir von ihnen gehasst wurden, wie stolz war ich da ein Deutscher zu sein. Am Bahnhof angelangt, führte man uns in dieselbe Halle, wo man uns vor vier Tagen unsere Sachen weggenommen hatte. Hier musterte uns ein General und zählte ab. Unsere Offiziere hatten einen russischen zur Begleitung. Nun verlas man uns abermals und dann ging es gruppenweise zum Wagon.

Dieselben waren gut eingerichtet, auch das Essen war während der Fahrt gut, eintönige Pilz- und Nudelsuppe und reine, gut zubereitete Kasche. Auch ein kleines Stück Fleisch. Auffallend war zu bemerken, dass in Finnland sich schon eine ganz andere Kultur zeigte. Je weiter gegen Norden wir kamen, desto schöner gepflegte Häuser und Parks sahen wir und die Bevölkerung machte auch einen menschlichen Eindruck. Hier zeigte uns niemand mehr die Zunge. In größeren Stationen kamen Deutsch sprechende Herren, um mit uns zu reden, wurden aber von den Gendarmen daran gehindert.

Am 29. Juni kamen wir in Tornea an. Wir stiegen aus und wurden mit dort üblichen Wagen, auf denen sich zwei Bänke befinden, auf denen zehn bis zwölf Mann Platz haben, zu einer Fähre gefahren, mit der wir den Torneafluss übersetzten und kamen auf der Insel Tornea an. Von Weitem sah man schon das Rote Kreuz, dort sollten wir hin.

Man sah hier ganz schmucke Häuschen mit Schildern, die man schon entziffern konnte, hübsche Mädchen, die uns zuwinkten, also wir waren in einer anderen Welt. Unser Staunen wuchs ins Unendliche, als wir vor einem schönen Haus (einer finnischen Volksschule) hielten. Dort standen Treppen, die man an unsere Wagen schaffte. Mehrere Schwestern mit einer Oberschwester (finnische Baronin) riefen uns „Willkommen" und „Grüß Gott" zu, reichten uns die Hände, halfen uns beim Aussteigen, wie besorgte Mütter ihren Kindern.

Wir wussten nicht, war es Traum oder Wirklichkeit. Nachdem wir uns gefasst, sahen wir, dass es wirklich so war. Nun sagte die Oberschwester: „So jetzt bitte ich alle Reichsdeutschen und Deutschösterreicher hierher, die ungarischen Kameraden (nur Magyaren) da her und dann die – Halbösterreicher." Also schon in Finnland hörten wir die charakteristische Bezeichnung. Bis jetzt waren wir die Gehassten und Verhöhnten gewesen, heute ging schon ein anderer Wind.

Nun ging es ins Haus, dasselbe war aus Holz, villenartig gebaut, mit schöner Wandverschalung und großen Fenster mit guten Betten. Ohne zu renommieren, kann ich sagen, dass wir Deutschen die schönsten Zimmer hatten. Wunderhübsche, niedliche, spielzeugartig geschnitzte, wohl in der Gegend moderne Bettgestelle mit blütenweißem Bettzeug und bunter Decke. Nachdem wir uns das erste Mal seit langer Zeit aus einem Waschbecken mit Seife und Bürste gewaschen, hieß es zu Tisch. Wir trauten unseren Augen nicht. Es waren lange, weiß gedeckte Tafeln, auch kleine kaffeehausartige Tischchen. Man setzte sich hin und vor jedem stand eine weiße Schüssel mit guter Suppe, viel Fleisch und Kartoffeln, links von der Schüssel ein Topf mit bierartigem Getränk (Quass), rechts ein Topf Milch. Mitten am Tisch war auf einem Servierbrett ein Berg schönes, graues Brot aufgetürmt. Schmucke Mädchen liefen blitzschnell und reichten uns, was wir wünschten.

Die Baronin, auch die anderen Schwestern und eine ältere Dame in Zivil, wohl die Protektorin dieses Spitals, waren stets um uns bemüht, fragten, wie es uns ginge, wie Leid es ihnen täte, dass wir die russische Herrschaft hatten kennen lernen müssen und sie wollten gerne gut machen, was man an uns gesündigt hätte. Auch entschuldigten sie sich, falls uns das Essen nicht schmecken sollte. Wir sollten nicht böse sein, so gut wie in Wien könnten sie nicht kochen. Natürlich dachten wir gar nicht an ein Nichtschmecken. An dem Tag, an dem wir nach so langer Zeit das erste Mal wieder Menschen waren und ein menschliches Essen mit einem richtigen Löffel und einer Gabel essen durften! Es muss interessant gewesen sein, uns zuzusehen, wie ein jeder die Esswerkzeuge krampfhaft hielt und ohne die Augen abzuwenden aß, ein Stück Brot nach dem andern nahm und solange aß, bis er buchstäblich nicht mehr konnte. Aber der Vorrat wurde nicht erschöpft. Immer wurde wieder zugeschleppt. Nun hieß es den Platz für die andern räumen und jetzt konnte man, da man satt war, auch das Auge ergötzen. Es war eine Freude zu sehen, wie flink die Mädchen bedienten, andere richteten an, schenkten Milch ein, reinigten das Geschirr und auch die Baronin und die schon erwähnte Dame in Zivil scheuten sich nicht, wenn es Not tat, einige Schüsseln abzuwaschen und die Kameraden zu bedienen und immer wieder durch gute Worte die Leiden vergessen zu machen. Ebenso waren ein schwedischer Arzt und eine Schwester hier und ordneten unsere Papiere, erzählten uns von der bevorstehenden Reise usw. Hier lernte ich einen blinden Feldwebel, einen Wiener Lehrer, kennen, mit dem ich dann bis nach Wien zusammen blieb.

Eine Schwester brachte einige Rasiermesser und nun ging die Restaurierung vor sich. Wer Geld hatte, ließ finnische Zigaretten holen und dann wurde gemeinschaftlich geraucht. Nun gab es nochmals Grütze, Milch und Brot. Dann mussten alle auf die Zimmer gehen und als das geschehen, kam ein Trupp Gendarmen, besetzte die Ausgänge und wurden wir nochmals, wohl das letzte

Mal visitiert, sie namens nicht gerade sehr genau, es waren Finnen.

Nun hieß es schlafen gehen, es war zehn Uhr, aber die Sonne schien noch am Himmel, erst um drei viertel zwölf ging sie unter. Wir gingen daher auf dem großen Platz vor dem Haus spazieren und sahen den Bewohnern der Insel, jungen Mädchen, zu, die um Mitternacht Rad fuhren und Fußball spielten. Es wäre Sünde gewesen, so eine Nacht zu verschlafen, auch unsere Schwestern und Ärzte, die spazieren gingen, sagten, dass sie im Sommer sehr wenig schliefen, im Winter bliebe dazu Zeit genug. Sie brachten uns Maiglöcklein, die Ende Juni hier blühen. Nun drängten uns die Schwestern mit sanfter Gewalt in unsere Zimmer mit der Begründung, dass wir ausschlafen müssten. Wir ließen es gerne, wenn auch mit Widerwillen, geschehen. Man legte sich hin, aber der Schlaf wollte vor Erregung nicht kommen und dazu war es im Zimmer tagelicht.

Zeitig am Morgen, um zwei Uhr, saßen ein junger Lehrer aus Böhmen und ich auf der Bank vorm Haus und sonnten uns. Es dauerte nicht lange, so hatten wir schon eine Menge Kameraden bei uns. Die Mädchen rannten und schleppten Wasser und Milch herbei, heute sollte es Kaffee geben. Dann kamen auch die Schwestern und alle Kameraden standen auf, wuschen sich und machten sich zum Frühstück bereit. Es gab Brot, Grütze und Kaffee. Nun zog man sich ganz an, die Schwestern unterhielten sich mit uns Deutschen und so kam die Zeit zur Abfahrt. Vergessen hätte ich noch, dass uns am Vortage eine Kommission von finnischen Abgeordneten und ein General besucht hatten.

Nun saßen wir wieder im Wagen, dankten gerührt unseren Wohltätern für die viele Liebe und nahmen von ihnen Grüße an die Heimat entgegen. Mit Winken und Tücherschwenken ging es von dieser gastlichen Stätte, wo uns nach langer Zeit der Knute so viel Liebe zuteil geworden war, ab. Am Wasser angekommen, stiegen wir vom Wagen und über eine Treppe in zwei bereitstehende schwedische Schlepper. Der schwedische Arzt und die Schwester fuhren mit uns über. Letztere präsentierte unserem General einen Strauß Maiglöckchen und uns ein Sträußchen. Die russischen Soldaten zogen nun von dannen und unsere Schlepper setzten sich von einem Dampfer gezogen in Bewegung.

In diesem Augenblick, die Uhr schlug drei viertel zehn, und das werden wir im Leben nie vergessen, sagte die Schwester: „Nun meine Herren, jetzt sind Sie – frei!"

Eine Sekunde Stille, als wenn es niemand glauben könnte, dann auf einmal war es wie ein plötzlicher Sturm, kein geregelter Hoch- oder Hurraschrei. Nein! Wie bei einer großen Explosion, so quollen die lang verhaltenen Empfindungsrufe aus der Brust. Der eine brüllte, der andere sang, lachte oder betete, küsste seinen Kameraden, geweint haben alle. Als sich der Sturm gelegt hatte, ergriff ein Kamerad das Wort. Es war Herr Gottlieb Bauer aus Wien, ein 42-jähriger Jäger, der seine linke Hand verloren hatte. Er brachte ein Hoch auf unseren guten Kaiser Franz Josef, Kaiser Wilhelm und den König von Schweden aus. Nicht enden wollende Rufe ertönten, es folgte „Gott erhalte" und „Heil dir im Siegerkranz", und die „Wacht am Rhein", die ungarischen Kameraden sangen die ungarische Hymne. Nach halbstündiger Fahrt landeten wir in Schweden.

Hier bereitstehende Offiziere und Soldaten empfingen uns. Erstere geleiteten die Offiziere und die Soldaten uns über die Brücke zum bereitstehenden Sanitätszug. Hier stand eine Menge Bevölkerung, die uns zujubelte, Bahnbeamte in schmucken weißen Uniformen und Schwestern vom Roten Kreuz, die uns in die Wagen einteilten. Wir waren jetzt im Happaranda, im höchsten Norden Schwedens. Zuerst suchten wir unsere nummerierten Plätze auf, schöne tadellose Hängebetten, im Wagen standen auch ein Tisch und Stühle, es gab einen Fahrplan, in dem genau die Essenszeiten verzeichnet waren und deutsche Zeitschriften und Zeitungen. Es war ein Luxussanitätszug und wir wähnten uns im Paradies. Als wir sahen, dass wir erst um vier Uhr abfahren würden und also noch fünf Stunden Zeit hatten, stiegen wir aus und unterhielten uns mit der Bevölkerung; viele sprachen deutsch, wie sie es in der Schule lernten.

Wie staunten sie, als wir ihnen Geschichten von Orel und sibirischer Fahrt erzählten. Ja, wir waren erlöst, aber unsere armen Kameraden! Man bot uns Zigaretten an, schenkte uns deutsche Zeitungen (Berliner Tageblatt und Lokalanzeiger) und wir schrieben Karten an unsere Lieben, die Offiziere hatten Geld und depeschierten. Die paar Stunden hatten genügt, um uns an die Menschen anzuschließen, sodass es zu früh vier Uhr wurde und wir wegfahren mussten.

Sehr viel hielt sich unser Arzt bei uns im Wagen auf, es waren meistens Wiener und Steirer und ich erzählte ihm so recht die russischen Zustände, er schüttelte nur immer den Kopf. In den Stationen brachte er Zeitungen (deutsche). Eine Schwester namens Signe Edgren war um uns wie eine Mutter besorgt. Sie politisierte mit uns und wir sangen ihr deutsche und Wiener Lieder vor. Die Sanitätsmannschaft verstand wenig Deutsch, las uns aber sozusagen vom Gesicht ab. Um sechs Uhr durchfuhren wir Boden, ein Städtchen mit Garnison. Die Soldaten standen stramm grüßend, die Offiziere mit ihren Damen grüßten uns mit Winken und Tücherschwenken. Zum Schlafen hatten wir wenig Zeit. Meistens standen oder saßen wir auf der Plattform, um uns für die Grüße und Blumen, die uns auch um Mitternacht zuteil wurden, zu bedanken, es war die ganze Nacht hell und man konnte auf den Seen, deren es hier viele gibt, ein Pärchen um Mitternacht in einem Kahn schaukeln sehen.

Das Essen war großartig. Am Fahrplan konnte man genau die Zeit ersehen und kaum fuhr der Zug ein, so wurde auch schon das Essen, welches mit einem kastenartigen Wagen auf den Schienen neben unseren Zug gerollt wurde, serviert. Meistens aßen wir im Wagen, manchmal auch im Restaurant selbst. Es gab Suppe und meistens gehackten Lungenbraten mit Tunke und Kartoffeln, Kompott (Rhabarber), entweder Kaffee, Tee oder ein Fläschchen Pilsnerbier. Frühstück und Gabelfrühstück kam auf einmal vormittags von neun bis zehn Uhr. Mittag und Jause gab es von vier bis sechs Uhr nachmittags, von acht bis neun Uhr abends gab es Abendbrot in Form von mit Butter, Schinken und Wurst belegten Brötchen, die in schönen Papiersäckchen wie vom Konditor verteilt wurden. Am Samstag den 1. Juli um neun Uhr während des Frühstücks, wir saßen bei Tisch, kam unser Arzt mit einem Herrn in Zivil. Da ich oft mit dem Arzt sprach, so ging er auch jetzt auf mich zu und verwies den Herrn an mich. Dieser sprach mich an und fragte mich genau aus, wie es uns in Russland, besonders in Orel, ergangen sei. Ich erzählte ihm alles wie einem Beichtvater. Es dauerte wohl eine halbe Stunde, bis er uns, sich bedankend, wieder verließ. Nachträglich erfuhren wir, dass es ein Herr vom Ministerium war und er einer Organisation angehörte, die sich um das Ergehen der Gefangenen bekümmerte.

Nach kurzer Fahrt blieben wir in der Station Langsele stehen und da wir länger Aufenthalt hatten, durften wir aussteigen. Frauen und Mädchen beschenkten uns mit Blumen und Zigaretten, die sie in die Sträuße einbanden, fotografierten uns und baten um deutsche Lieder. Wir waren selbstverständlich gleich bereit und es zeichnete sich hierin Herr Gottlieb Bauer aus Wien, der auch Mitglied des Neubauer Männergesangsvereines war, besonders aus. Nicht enden wollendes Händeklatschen und Hochrufe auf Deutschland und Österreich waren unser Lohn. Nun hieß es einsteigen und als sich der Zug in Bewegung setzte, wurde immer ein Abschiedslied gesungen. Mit den vielen Blumen schmückte man die Wagons.

Um fünf Uhr waren wir in der Station Bräke, hier gab es Mittagessen. Nach dem Essen stiegen die Kameraden aus und ich wollte mein neu angelegtes Tagebuch schreiben, aber es kam nicht dazu. Soeben kam Kamerad Franz Rot, Restaurateur auf der Landstraße und sagte, der Stationsvorstand und viele Damen warten um deutsche Lieder, wir müssten unbedingt singen. Buch und Bleistift wurden weggeworfen und ich über die Stufen gehoben und nun ging 's mit den Krücken zum Stelldichein. Eine Menge Damen, Offiziere und Bahnbeamte waren versammelt und mit Blumen und Zigaretten beladen.

Wir stellten uns in einem Kreis auf und sangen, so gut es eben eine Gesellschaft aus allen Gauen Österreichs kann, mehrere Lieder und wurden mit reichem Beifall belohnt. Wie glücklich waren wir, endlich wieder Menschen zu sein und als solche behandelt zu werden. Als wir von unseren Ärzten und Schwestern mit sanfter Gewalt wieder zum Einsteigen genötigt wurden, liefen uns die jungen Damen zum Wagen nach. Herr Bauer trug einige lustige Steirerlieder vor und als sich der Zug in Bewegung setzte, wurden Hochrufe auf Schweden und seinen König laut, welche von den Schweden mit Hochrufen auf Kaiser Franz Josef und Kaiser Wilhelm quittiert wurden. Solange wir uns sehen konnten, schwenkte man Tücher und warf Kusshände. Wir kamen von der Erregung nicht heraus. Leid taten uns nur unsere kranken Kameraden, die das Bett nicht verlassen und das alles nicht mitmachen konnten. Mit ihnen unterhielten sich die Schwestern und war auch zu ihrer Zerstreuung ein Grammofon aufgestellt, das meistens heimatliche Weisen ertönen ließ.

Den Groll über die Russen hatten wir beinahe vergessen. So kam der Abend, es gab Abendbrot. Wir durchfuhren Änge, Ramsjö, Ljnsdal und Rollnär um zwölf Uhr. Immer standen wir mit kleinen Unterbrechungen auf der Plattform, um Blumen zu empfangen und für die Grüße zu danken.

Es war am Sonntag, 2. Juli, morgens. Viele schliefen noch, als wir in einer Station einfuhren und eine Musikkapelle spielte. Im Nu war alles auf und der Zug fuhr durch, wir glaubten schon um den Genuss beraubt zu sein, als auf einmal der Zug hielt, geteilt und verschoben wurde und die Kapelle zwischen die beiden Zugteile zu stehen kam, sodass auch die Kranken einen Ohrenschmaus hatten. Wir stiegen aus. Dreißig stattliche, hübsch gekleidete Gestalten, von einem Musikleutnant dirigiert, spielten lauter österreichische und deutsche Weisen. „Gott erhalte", „Heil dir im Siegerkranz", „Oh, du mein Österreich", „Deutschland über alles", „Die Wacht am Rhein", „Wiener Blut Walzer" usw.

Wie uns da zu Mute war, kann ich schwer schildern. Wir sahen einer den andern an und weinten. Nun brachten Herr Bauer und ich abwechselnd Hochrufe auf Schweden, den König von Schweden, die schwedische Armee usw. aus. Herr Musikleutnant Böjrke schenkte uns beiden ein Bild seiner Kapelle, das wir als Kleinod aufbewahrten. Als es Zeit zum Einsteigen wurde, dankte Herr Bauer im Namen der Kameraden und Herr Generalmajor Raft hielt eine Dankesrede, in der er besonders die Verdienste Schwedens um den Invalidentausch betonte, denn wenn Schweden nicht wäre, so sagte er, müssten wir arme Teufel, so wie unsere gesunden Kameraden auch, bis zum Friedensschluss in Russland bleiben. Mit einem Dank für die uns bereitete Freude und einem dreimaligen Hoch auf den König Gustav und die schwedische Armee, schloss er.

Nun setzte sich der Zug in Bewegung und wir verließen Örebro, so hieß die Station, und solange wir sie sehen konnten, spielten sie noch. Zu beiden Seiten standen Menschen und bejubelten und bewarfen uns mit Blumen. Es war wunderschönes Wetter. Die Gegend sah anziehend aus, Berge, Wald, Wiesen und Seen. Feldbau sah man nicht sehr viel. Schmucke Dörfer waren dazwischen eingebettet, aber am meisten zog uns die Bevölkerung an, die durchweg blond ist. Unsere Schwester sagte und schrieb auch in ein Notizbüchlein, das sie mir schenkte: Kaltes Klima, Warme Herzen!

Um zehn Uhr waren wir in Halsberg. Wir stiegen aus und wurden in einen großen Saal geführt. Derselbe war mit Reisig und Fahnen in deutschen und österreichisch-ungarischen Farben geschmückt. Weiß gedeckte, reich beladene Tafeln erwarteten uns. Es gab Kaffee, Tee und Milch, Lungenbraten mit Kartoffeln, Brot und Bäckerei. Auf jedem Platz lag ein Paket von unseren Landsleuten in Schweden und ein Gesandter der Königin von Schweden brachte uns von derselben, die auch Inhaberin eines österreichischen Regimentes ist, Grüße und ein Paketchen, auch das Bild unseres Kaisers. Wir sprachen kein Wort, so heilig war der Augenblick, als man uns unseren guten, alten Kaiser an die Brust heftete. Nach dem Essen wurden wir noch mit Blumen geschmückt und machten unseren Kameraden Platz, da wir nicht alle auf einmal Platz hatten.

Am Perron hatten sich inzwischen eine Menge Damen und Herren eingefunden, denen wir nun über unsere Erlebnisse erzählen mussten und wie es in Wien aussieht und dass wir ihnen schreiben sollten usw. Nun mussten wir wieder singen und ernteten lebhaften Beifall, Blumen und Zigaretten. Es waren auch Damen und Herren vom deutschen und österreichischen Hilfsverein hier, die sich besonders der im Wagen liegenden Kranken annahmen und sie reichlich beschenkten. Als wir schon eingestiegen waren und auf der Plattform stehend sangen, kamen immer wieder einzelne Damen aus der Menge und zeichneten uns Sänger mit Rosen und Zigarren aus. Wenn man über Krieg und Sieg sprach, so war stets ihre Antwort: „Als Deutscher können Sie ahnen, was unsere Herzen fühlen und sagen wollen", oder: „Wir sind ein kleiner Staat, wir können nicht reden". In den Blumensträußen waren oft Brieflein mit: „Ihr Deutschen müsst siegen", „Der Sieg ist auf eurer Seite", usw. Der Zug setzte sich in Bewegung, es erschollen Hochrufe auf Schweden und die Damen von Halsberg, die durch Hochrufe auf Deutschland und Österreich erwidert wurden, der Sängergruß und nun war Halsberg unseren Augen entschwunden.

Es war wohl zwei Uhr mittags, als wir in Boscholm einfuhren. Hier wurde der Höhepunkt erreicht. Mehrere hundert Menschen, meistens Damen in hellen Kleidern, erwarteten uns mit Massen von Blumen und Zigaretten. Ordnungshalber durfte keiner ohne ausdrückliche Bewilligung des Arztes aussteigen und der Perron war aus Rücksicht auf den Verkehr gesperrt. Vierzig Schritte waren wir von ihnen entfernt, zum Werfen war es zu weit. Ärzte, Schwestern und Sanitätsmannschaften, auch die Bahnbeamten, liefen und schleppten Blumen herbei. Große Sträuße und wunderhübsche Körbe. Einen besonders schönen Korb mit Stiefmütterchen, Zigarren und einem Brieflein ließ mir eine junge Dame überreichen. Mit Winken und Tücherschwenken dankten wir. Nun verlangte man von uns Lieder, wozu wir auch gerne bereit waren. Leider hatten wir nur kurzen Aufenthalt. Als sich der Zug in Bewegung setzte, erscholl ein Sturm der Begeisterung aus der Menge, mit Hochrufen auf Deutschland und Österreich und Grüße an die Heimat. Wie uns da zu Mute war, wenn man zwanzig Monate unter den Russen gelebt hatte!!!

Um vier Uhr waren wir in Aneby und da wir länger Aufenthalt hatten, stiegen wir aus und lagerten auf einer Wiese, von der Bevölkerung umringt, welche uns wieder Blumen schenkte. Ein alter Herr hielt eine wunderschöne Rede und Schulkinder sangen uns Lieder. Wir selbst wurden zum Singen aufgefordert, leider konnten wir nicht mehr, da wir unseren Kehlen zu viel zugemutet hatten und ganz heiser waren.

Es war Sonntag und herrliches Wetter und alle Stationen voller Menschen. Um halb sechs Uhr waren wir in Vössjö, wo sehr gutes Mittagessen war, um halb zehn Uhr waren wir in Vislander, wo wir bis ein Uhr hielten. Wir stiegen aus und gingen noch eine Stunde spazieren, singen konnten wir nicht mehr, so mussten wir mit Winken danken. Nun hieß es ins Bett, dass wir am Schiff am nächsten Vormittag rüstig sind. Unsere Schwestern waren heute besonders lieb und stolz, da wir ihnen immer wieder Schweden lobten und unsere große Freude ausdrückten. Sie schrieben sich Gedichte über Russland von den Kameraden auf, Adressen wurden getauscht und zu schreiben versprochen.

Am Montag den 3. Juli um drei Uhr waren wir in Hässleholm, um fünf Uhr in Malmö und um sechs Uhr achtzehn in Trälleborg. Hier stiegen wir aus und vom Wagen gleich über eine Brücke auf das wunderschöne Schiff „Aeolus". Auch hier waren wieder besorgte Schwestern, die uns die Plätze anwiesen und Zigaretten anboten. Nun tauchte aus der Ferne ein Schiff auf. Als es näher kam, sahen wir, dass es der deutsche Dampfer „Preußen" war und die Mannschaften winkten uns zu, also wir waren in der Heimat. Nun gab es Frühstück und nach dem wir uns von unseren Schwestern und Sanitätsmannschaften dankend verabschiedet und uns mit den neuen Schwestern angefreundet hatten, setzte sich das Schiff um halb neun Uhr in Bewegung, begleitet von zwei Kreuzern, die uns eine Weile das Ehrengeleit gaben.

Nun ging es hinaus, immer der lieben Heimat näher. Anfangs war schönes Wetter, später fiel Nebel ein, welcher sich aber nach einer Zeit wieder verzog. Um ein Uhr konnte man schon in der Ferne die Insel Rügen sehen. Unsere Erregung wuchs von Minute zu Minute, besonders als wir schon Musik hörten und das „Gott erhalte", „Deutschland über alles" unterscheiden konnten.

Wir näherten wir uns dem Landungsplatz, wo uns eine Menge deutsche und österreichische Kameraden und

Ehrenjungfrauen zujubelten und die Musik lustig drauflosspielte. Um halb zwei Uhr stand das Schiff still und der Jubel wollte kein Ende nehmen. Ein höherer deutscher Offizier, der auch den Arm in der Binde hatte, hielt eine Begrüßungsrede und alles weinte vor Freude. Alle, ohne Unterschied wurden wir aus dem Schiff getragen und von Prinzessin Sigismund von Preußen und mehreren Damen aus der deutschen und österreichischen Aristokratie empfangen und beschenkt. In der mit Reisig, Blumen und den Fahnen der Verbündeten geschmückten Festhalle wurden wir bewirtet und ließen wir uns es uns unter den Klängen der Musik gut schmecken. Die erste Stunde auf deutschem Boden, schrieben wir Karten an unsere Lieben. Nun will ich mich nicht weiter in Details einlassen, denn es war nur mein Plan über Russland und Schweden zu sprechen.

Am Abend des 3. Juli fuhren wir von Sassnitz ab, über Stralsund, Frankfurt a. O., Dresden. Am 5. Juli passierten wir um halb acht Uhr die deutsch-österreichische Grenze, um zehn Uhr kamen wir in Leitmeritz an. Wie auf der ganzen Fahrt durch Deutschland und Böhmen wurden wir auch hier festlich empfangen. Am 21. Juli ging es nach Wien. Darüber zu schreiben, würde zu weit führen.

Gegenwärtig liege ich im allgemeinen Krankenhaus auf der Klinik des Professor Lorenz, nach einer Operation, der ich mich am 12. Oktober unterzog, danieder, es ist dies die siebente. Mein Fuß war um 14 cm kürzer, stand schief nach einwärts und war im Kniegelenk locker. Durch die Operation, die Herr Assistent Dr. Hass, vornahm, soll er um 8 cm länger werden und steht nach außen (normal). Das andere muss abgewartet werden, aber da die Umstände günstig sind, so hoffe ich, dass diese

Wiedergabe des Erlebten nicht zu bekritteln ist, es ist aus dem Herzen heraus, ohne Anstrich, entstanden.

Geschrieben im November 1916.

Franz Mayer

Vom k. k. Lir. 24 I. Komp., im Zivil Kondukteur der Wiener Straßenbahn, derzeit im Allgemeinen Krankenhaus, 9. Hof, Saal 89 a.

War er immer schuld?
Anton Wolf

Der Hauptakteur dieses Lebensberichtes wird unerwünscht empfangen, geboren, weggegeben. Er wächst bei den Großeltern im Osten Deutschlands auf, bis die noch sehr jungen Eltern die Verantwortung übernehmen. Die Mutter gibt dem Buben die Schuld für ihr verpatztes Leben, die schlechte Beziehung zu seinem Vater, für einfach alles.
Dann kommt der Krieg. Die Zeiten werden noch härter. Der junge Mann meldet sich gegen Ende des Krieges freiwillig, nur um der Mutter zu entkommen. Mit viel Glück und immer wieder anderen guten Kameraden überlebt er den Krieg, die Bomben, die Gefangenschaft und kommt auch wieder nachhause.

ISBN 3-902514-08-6 · Format 13,5 x 21,5 cm · 354 Seiten · € 16,90

Mit Frechheit das Tausendjährige Reich überlebt
Karl Mayrhofer

Karl Mayrhofer erzählt in diesem Tatsachenroman seine Erlebnisse während des Zweiten Weltkrieges. Als Zivilarbeiter zur Luftwaffe eingezogen, war er kein Soldat, unterstand aber den Wehrmachtsgesetzen und musste befürchten, an der Front, vor allem in Russland, eingesetzt zu werden. Diese Tatsache war für Mayrhofer Triebkraft wachsam zu sein und alles ihm Mögliche zu versuchen, diesem Schicksal zu entgehen.
Mit List und Tücke suchte er sich seinen Weg durch das Dritte Reich, immer mit dem Ziel, das Kriegsende gesund zu erleben.

ISBN 3-900693-16-1 · Format 13,5 x 21,5 cm · 392 Seiten · € 19,90